阳光集　马晓康 ◆ 主编

左非 著

空椅子

山东友谊出版社·济南

图书在版编目（CIP）数据

空椅子 / 左非著. -- 济南：山东友谊出版社，2022.10（2023.9 重印）

（阳光集 / 马晓康主编）

ISBN 978-7-5516-2307-0

Ⅰ. ①空… Ⅱ. ①左… Ⅲ. ①诗集 - 中国 - 当代 Ⅳ. ① I227

中国版本图书馆 CIP 数据核字 (2022) 第 194288 号

空椅子
KONG YIZI

责任编辑：王　洋
装帧设计：北京长河文丛文化艺术有限公司

主管单位：山东出版传媒股份有限公司
出版发行：山东友谊出版社
　　　　　地址：济南市英雄山路 189 号　邮政编码：250002
　　　　　电话：出版管理部（0531）82098756
　　　　　　　　发行综合部（0531）82705187
　　　　　网址：www.sdyouyi.com.cn
印　　刷：济南乾丰云印刷科技有限公司

开本：880 mm×1230 mm　　1/32
印张：39.875　　　　　　　字数：900 千字
版次：2022 年 10 月第 1 版　印次：2023 年 9 月第 2 次印刷
定价：180.00 元（全六册）

序

风从海边吹来

紫藤晴儿

　　隔着大海遥望海水，海风从海边吹来，吹向她也吹向了我，从她吹向我，也从我吹向她。她在黄海之滨，我在渤海湾，我们呼吸着同一种海的气息，也做着同一个梦。春光明媚，海风吹袭，当我打开左非的诗集，她的海给了我，我的海又在同她交换一些什么神秘之物。抑或空了的心有了更多的爱，我爱她，她也爱我。

　　为何会如此亲昵呢？我和左非除了地理位置上的亲近之外，我们还是山东省第十七届青年作家（诗歌）高研班的同学。2016 年的秋天好像离现在很遥远了，只有我们同学 7 人在徐志摩墓碑旁的合影，拥紧着那个秋天和一颗颗滚烫的诗心。左非、刘洪浩、牟海静、苑希磊、王二冬、辰水、我，我们一同合影，7 个人写给徐志摩的诗也一直都在山水间回响着。那个时候，秋天正打开它的柔软，迎着我们，我们也是在那个时候，接纳了彼此。从此，以诗为由，羁绊着无限的情谊。我想一生之中我们能抓住的会是什么呢？抓住更多的又会是什么呢？对我们来说，除了诗歌就是爱了。爱和友爱在我们之间无声牵连。3 月，左非打电话跟我说要出第二本诗集，就像是我们一起商量好的，此时我刚刚交上了稿件。我们的默契一如海水的同一片蓝，由我及她，或由她及我，都不重要。诗集以我从左非的诗歌中选的"空椅子"为题，为此我们都觉得最合适不过了。

《空椅子》到底能安放什么呢？梦境、迷途、玫瑰、现实、理想、圆满、空缺，还是时间、空间，以及尘埃般的空无，或永恒的苍穹般的迷宫。我想它可以什么都是，也可以什么都不是，它存在于一个星宿、一个银河、一个以光阴为河流的莫大天体之中，永恒于探索，也永恒于未知。好像我是第一个触摸它的人，幸运之中，我徜徉在左非的每一首诗中，读她，懂她。一些词语划过感官，我也会是那个为了爱而失魂落魄的人；我也会是那个为了恨而咬牙切齿的人；我也会是那个轻轻打开思想，安静在日常的喧嚣中，捕捉闪亮的人间碎片的人。无论它是诗还是真理，都在内心的承载中有了立体的思维。体悟命运的不同，超脱于现实的疼或抚慰，都成为她写诗的理由、热爱诗歌的理由。她在理想和现实中耕种着，离真我更近了。

其实我们已经有5年没有见面了，我们都在编辑着不同的语境。用诗歌对话就好像是打通彼此心灵与精神通道的途径，我们因此又可以合二为一。我们在没有相见的5年中，以诗为媒，延续友情，是的，我也会把每一首诗都装在我对她的想念情愫之中。读着她的诗，我就会想起我们一同在北大山上的那个下午，她穿着棉麻布外套飘逸着女性之美，娴静得如北方的一株木槿花。

整个诗集分为6辑，每一小辑都有着它的独到之处，诗歌的创作类型和表达方式也会有一些不同。我读的时候把一些经典的诗句用红色标识着，像在左非的诗歌中寻找到一个个不同的岛屿，大海之上波浪激荡，海水撞击着岩石，岩石摩擦着时间之光。

疤　痕

是滚烫的煎锅在一瞬间跌落
掉在了正在从锅中抓取食物的右手背上
三角形的一块皮肤瞬间灼伤
伤口清晰地留下
像极了一只窥探人世的丹凤眼
第三只眼就此浴火重生
诞生在已不再光滑的右手背上
它仿佛带着某种暗示
一双眼远不能看清这个人世

这瞬间的疼一遍遍将我从麻木中叫醒
这一块烙印绽开在我积攒了半生的手纹里
第三只眼打量着这个我越来越不懂的世界
它迷茫地深陷在我纵横交织的手纹里
旁边的一条血管暗流涌动
它告知我还在人世苟活着……

　　《疤痕》这首诗分两节，诗歌以隐隐的冷抒情打开时间的暗伤、身体的隐痛，在象征和抵抗中寻找到诗歌的召唤精神。
　　第二节以惯性叙述加持着诗歌的张力，呈现出理性以及灵魂能量。读后我看到了一个稔熟于诗歌碎片写作的左非，她对生活有了一定的终极关怀，并在朝着一个正确的方向无限延伸着一条虚无之线。

狗的死亡

麦克出事了
它是在草坪上误吞了
抹了毒药的火腿肠
从发现、抢救到死亡就一个时辰
麦克的女主人一周没有出门

大卫的男主人是个画家
他留着与大卫一样的胡子
大卫出事后
他去了理发店,把胡子剪去
他想剪掉与大卫在一起的所有时光
大卫和麦克都死于中毒

我说的麦克与大卫是两条狗的名字
麦克耍杂、逗乐,在小区里是出了名的
大卫长得很有范儿,一条绳子套在它脖子上
主人走哪儿它跟哪儿,从不咬人
现在,两条狗都死了
一个月后,听说狗主人抑郁了

《狗的死亡》这首诗,令我惊喜的是左非尝试着使用叙事技巧,抓住核心,在冷静之中陈述事物的原委,在经验空间中寻找内在隐秘联系,并以内部的爆发力冲击着现实的诗性正义。

这实际上也是一种人性关怀,让我不免有一丝的羞愧,对这类体裁我还未能把握得如此娴熟。特别是最后一句,沉稳之中却有了雪崩般的意义。

左非的诗歌结构多变,在创新中又吸纳着古典。《红色的玫瑰》以"这是玫瑰,这不是血"的句子领航每节,以赋格的形式叠加着诗歌的狂澜,征服着一个读者贫瘠的想象和情感的单薄。它一如策兰写过的《死亡赋格》,两首诗有着异曲同工之妙。在诗歌的情感纬度中扩张着音乐的格调,并沿着它固有的精神趋向打开更开阔的美学世界。

> 这是玫瑰,这不是血
> 这是谁在我的体内催生的花朵
> 一滴滴从高处落下
> 植入即将干涸贫瘠的河床
>
> 这是玫瑰,这不是血
> 谁咽下痛将千万枝玫瑰的花瓣
> 从身上掰开剥离……
> 它看见另一只手苍白无力
> 它看见另一枝玫瑰干枯的唇

多么荡气回肠!玫瑰从血肉中开,也从灵魂中开,从意念中开,从绝望中开。我沿着这些句子仿佛就能凝望到一个冰清玉洁的左非,她的内心正扩张着一个精神图谱,并带着爱和所有的超脱。而所有的玫瑰正带着神圣的仪式感,在文本之中有了本源回归。

这是玫瑰，这不是血
它给予的温度是另一种加持
我重复的醒来是为另一种幸福
所有的滴落都在抵达心脏
所有的盛开都是生命的初始
那是玫瑰的聚集
这枝即将凋残的玫瑰在均匀的呼吸里
充盈，红润
得到全新的救赎

这一节以玫瑰寄寓精神的苦闷，从而又达到灵魂救赎的目的。整首诗以11节的情感发现引申着诗歌的时间意识，在情感跌宕之中有了更深远的精神爆发力。

左非的诗歌中也有许多来自现实生活的家园伦理诗。像这首《羊眼里照见自己》：

我一定是见了一杯开水
浸泡的几片绿叶
才如此急切地见到春天
它发芽于我的期待
像一朵花在雪的滋养下从枯木里走出
我一定是闻到了美花的香气
才渐渐忘记我伤口的模样
忘记无数次在那上面的盐
我一定是看见山坡上洁白的羊群
看见那片无边的草地

看见云飞来飞去的样子
　　才忽然明白自己想要什么
　　我发呆于一只羊的眼
　　从这里我照见了自己
　　以及积蓄着前世的眼泪
　　这样想着
　　我瞬间变得无比轻松
　　这样想着
　　一片云从头顶飘下来
　　那种白呀，掩饰一切的黑
　　那种白呀，无关是非
　　那种白呀，干净又纯粹

　　以羊眼为镜子展开诗歌的现实想象和自我审视，以轻柔的语言来抒情，并给予现实以抨击，诗歌的空间也在无形之中得以扩张。在阅读之中，读者也会感受到诗歌的思想维度、情感纬度以及思想纬度。"你不得不忠实于自己的感受力，因为伪造情感是一种违背想象的罪恶。"（谢默斯·希尼）是的，我读到了一个轻柔和心存善念的左非，她的慈悲之心正像一朵云彩在天空缓慢打开，又像春天盛开的玉兰花，你会不由得被那些纯白迷醉，像抱着一颗初心。是的，左非一直都保持着她最初的纯净。

　　写到这里已经暮色苍茫了，我看不到左非，她也看不到我，只是海风一吹，我们就会彼此感应得到。大自然是神圣的宫殿，我们都迷恋其中。风经过她也会经过我，轻得如烟。微风之中我们都有柔软之心，海风之中我们都有温润之心。风虚无了梦的形式，也会造化了梦的道场，我们都努力活在信仰之中。如果还有飓风，还有狂风，像现实的一切捶打，我们又在一起抵抗着它，那么，左非，我要你成为最美的缪斯女神，在风中妩媚，也在风中歌吟，大海和诗歌一定是我们共同的部分。

2021.4.11

紫藤晴儿，本名张楠。中国作家协会会员。曾参加首届齐鲁诗会、中国网络诗人第二届高研班、山东省第十七届青年作家（诗歌）高研班、山东省第二十三届青年作家高研班、山东省第二十五届青年作家高研班。作品发表在《诗刊》《星星》《草堂》《扬子江诗刊》《山东文学》《百家评论》《延河》《延河诗歌特刊》《诗选刊》《诗歌月刊》《绿风》等期刊。著有诗集《返回镜中》。

目 录

CONTENTS

001　序　风从海边吹来 / 紫藤晴儿

第一辑　生活琐碎的内部

003　楼上私语
004　疤痕
005　晨起觅食的女人
006　狗的死亡
007　红色的玫瑰
010　黄昏的鸟鸣
012　羊眼里照见自己

第二辑　玫瑰与诗

015　爱丽尔——致普拉斯
016　爱情
017　火车
018　把爱当饭的女人
019　不要给我太多
020　对岸
022　黑裙子

- 023　火焰
- 024　今天我要经过你的家乡
- 026　木桐波尔多
- 027　女人
- 028　童话
- 029　我们一起走着
- 030　遗传
- 032　落日
- 033　一包烟把夜熏得黑了又黑

第三辑　物语与哲思

- 037　物语
- 038　口罩
- 039　报废的火车
- 041　触角
- 042　垂钓
- 043　春天也有悲伤
- 044　存在
- 046　打开黎明的翅膀
- 047　过敏
- 048　和草在一起
- 053　方向盘
- 054　风车
- 055　缝补师
- 056　覆盖

- 057　灰色地带
- 058　会飞的鱼
- 059　即使在这样的夜晚我并不孤独
- 060　镜中
- 061　沙与沫
- 062　书
- 063　天桥
- 065　一棵树
- 066　洋葱
- 067　笑

第四辑　自然与花草

- 071　夕阳下
- 072　草原
- 073　大海在东
- 081　大河汤汤
- 083　大雪
- 084　大雪——给天气，给我们
- 087　当暮色降临
- 088　丁香
- 089　风
- 091　水
- 092　花间词
- 093　荒原
- 100　江南

- 101　旧照片
- 102　空地
- 103　空椅子
- 104　山风
- 105　山路
- 106　上山
- 107　失语的蓝莓
- 108　紫藤
- 109　紫色的鸢尾花
- 110　野菊花
- 112　烟火
- 114　月光曲
- 116　元夕夜·太阳广场

第五辑　爱与思索

- 121　雪
- 122　旋转木马
- 123　清晨
- 124　热爱与毁灭
- 126　日东高速
- 129　放牧
- 130　疯狂的向日葵——亲爱的文森特
- 131　感恩
- 132　公主
- 133　孤独

- 134 假死
- 135 来吧，孩子
- 136 礼物
- 137 母亲
- 139 南山
- 141 你反复提醒我的，我还是会忘记
- 143 念及孤独
- 144 女人与狗
- 145 枇杷树
- 146 墙壁的暗处有一匹马到访
- 147 兄弟
- 149 夜舞交响曲
- 150 望月
- 151 我把艾草插在门前
- 153 我的诗
- 155 四十年里最亮的月光
- 156 诗人的骨头
- 157 幸福
- 158 心
- 159 写给你
- 160 斜飞的鸟群
- 162 拥抱
- 163 我看见你忧郁的眼神
- 164 我们都爱着同一个人和那些美好的事物
- 165 我们终生追随的也许不及这些
- 166 我们重拾自由与天真

167　我是靠着这几根黑发活下去的人

168　我一身豹纹多像今晚的夜色

169　中年

170　至今不愿回到这寂寞的人间

172　糖纸

173　站住，往回走

174　原谅

175　一只白孔雀独居林中

177　一块红布

178　一代人

179　故乡

181　今天起，我做自己的女王

184　如果我是个孩子

186　泪水

187　茶叶

第六辑　节气的冷暖

191　立春帖

193　酿春

194　清明适合仰望与辨认

195　四月

196　五月之花

197　夏雨

198　立秋

200　秋天一样很美

201　秋天深了
202　芦苇
203　露
205　立冬
207　冬至
208　小寒

第一辑

生活琐碎的内部

这是玫瑰,这不是血
它触摸我的每一寸土地
它所抵达的吻如此深沉
拯救让这枝玫瑰重新新鲜靓丽

楼上私语

一场家宴热烈地进行着
只有21层的红酒才叫红酒
喝得再多也不会醉
醉了也心安
桌上有我生的人
他们听我讲故事,说祝酒词
他们渐渐长大
总有一天像这满月观望人间
耐住尘世少有的喜事
更多的薄凉

桌上没有生我的人
只要想起来胸口就痛一下
像天上掉下的陨石把胸口砸出一个窝来

饭桌旁的两把椅子空了很多年
多少年了,年年空着

疤　痕

是滚烫的煎锅在一瞬间跌落
掉在了正在从锅中抓取食物的右手背上
三角形的一块皮肤瞬间灼伤
伤口清晰地留下
像极了一只窥探人世的丹凤眼
第三只眼就此浴火重生
诞生在已不再光滑的右手背上
它仿佛带着某种暗示
一双眼远不能看清这个人世

这瞬间的疼一遍遍将我从麻木中叫醒
这一块烙印绽开在我积攒了半生的手纹里
第三只眼打量着这个我越来越不懂的世界
它迷茫地深陷在我纵横交织的手纹里
旁边的一条血管暗流涌动
它告知我还在人世苟活着……

晨起觅食的女人

晨起觅食的女人
清晨,几声狗吠
像被追赶的猫
无法逃脱后爬到树上
雪后的草被春天叫醒
给家人觅食的女人
路过草坪
小心翼翼地绕道而行
因为
她不忍心穿越这片曾经沾满雪花的草坪
她不忍心听见来自脚底嫩草断裂的撕痛

狗的死亡

麦克出事了
它是在草坪上误吞了
抹了毒药的火腿肠
从发现、抢救到死亡就一个时辰
麦克的女主人一周没有出门

大卫的男主人是个画家
他留着与大卫一样的胡子
大卫出事后
他去了理发店,把胡子剪去
他想剪掉与大卫在一起的所有时光
大卫和麦克都死于中毒

我说的麦克与大卫是两条狗的名字
麦克耍杂、逗乐,在小区里是出了名的
大卫长得很有范儿,一条绳子套在它脖子上
主人走哪儿它跟哪儿,从不咬人
现在,两条狗都死了
一个月后,听说狗主人抑郁了

红色的玫瑰

这是玫瑰,这不是血
这是谁在我的体内催生的花朵
一滴滴从高处落下
植入即将干涸贫瘠的河床

这是玫瑰,这不是血
谁咽下痛将千万枝玫瑰的花瓣
从身上掰开剥离……
它看见另一只手苍白无力
它看见另一枝玫瑰干枯的唇

这是玫瑰,这不是血
它的刺穿痛我枯萎的皮肤
它的刺警告我死亡不经意间来临
它的刺一次次扎向我渐瘪的血管
渐趋麻痹的灵魂

这是玫瑰,这不是血
在危险的时刻,这枝玫瑰
在白衣天使的手里加速传递
病房的门大开着

刚采摘的玫瑰挂在黑色树枝上
红色的液体将流向极度空乏的身体

这是玫瑰,这不是血
它鲜红的底色一次次将我唤醒
它滴落时溅起的水花掩盖世间
最美的音乐
数不尽的花瓣途经我的
体内,幸福再次打开

这是玫瑰,这不是血
它一点点融进干燥的皮肤
缺钙的骨骼,早搏的心脏
这神奇的玫瑰
第一次悄然住进了我的体内

这是玫瑰,这不是血
它的到来是另外一种力
握着我苍白无力的手多像我的父辈
我回到从前如婴儿站立宽厚的掌心之上

这是玫瑰,这不是血
这有色的物体
如何在它的体内汇聚分散
又在我的命脉里相遇并循环往复
我渐趋复苏的身体躺在它的怀抱

渐渐有了起伏的韵律

这是玫瑰,这不是血
它是母亲一手种下的
柔软羞涩而强大的花朵
它是另一枝鲜红的玫瑰
它该有着怎样的妩媚

这是玫瑰,这不是血
它触摸我的每一寸土地
它所抵达的吻如此深沉
拯救让这枝玫瑰重新新鲜靓丽

这是玫瑰,这不是血
它给予的温度是另一种加持
我重复的醒来是为另一种幸福
所有的滴落都在抵达心脏
所有的盛开都是生命的初始
那是玫瑰的聚集
这枝即将凋残的玫瑰在均匀的呼吸里
充盈,红润
得到全新的救赎

黄昏的鸟鸣

尤其这几年
我几乎没听到过黄昏时的鸟鸣
大多时候的黄昏我正在厨房做饭
或在厨房洗涮　日复一日

我没听到过黄昏时的鸟鸣
大多时候我在阳台翻晒时光
去除白天我出入时衣物上沾染的尘埃

我没听到过黄昏时的鸟鸣
不管在滨州路的家里
还是在东营路的21楼
那里的交通过于嘈杂
而鸟巢惊觉无处安身

我没听到过黄昏时的鸟鸣
那时我一定躲在书房里捧着一本书
或若有所思地想着一些美好的诗句

当这些都完成的时候
一天将在忙碌中过去

仰望星空
我希望有一种声音啄破夜空
将我的内心唤醒

如果你不提起
也许我早已忘记了这黄昏里还有鸟鸣

羊眼里照见自己

我一定是见了一杯开水
浸泡的几片绿叶
才如此急切地见到春天
它发芽于我的期待
像一朵花在雪的滋养下从枯木里走出
我一定是闻到了美花的香气
才渐渐忘记我伤口的模样
忘记无数次在那上面的盐
我一定是看见山坡上洁白的羊群
看见那片无边的草地
看见云飞来飞去的样子
才忽然明白自己想要什么
我发呆于一只羊的眼
从这里我照见了自己
以及积蓄着前世的眼泪
这样想着
我瞬间变得无比轻松
这样想着
一片云从头顶飘下来
那种白呀,掩饰一切的黑
那种白呀,无关是非
那种白呀,干净又纯粹

第二辑

玫瑰与诗

这宏大的背景
惊艳着林中秘密
层林尽染
沉浸于一场大片的录制中
不可自拔

爱丽尔
——致普拉斯

火焰很快熄灭
如一桩桩无疾而终的爱情
如谜，迷离亦如幻梦
被一枝带刺的玫瑰扎出血
她宁愿沉浸爱河而落日快速在人间
沉没
没有尽头只是吸引并再次蒸发
用灵魂喊出的诗句比灵魂更刻骨
在冷风中仍受到抚慰如春天
冬青树常绿的手指让嘲讽的人闭嘴
绝美的诗如一首首挽歌
她把自己瘦成一道闪电
大地接受光的震颤
每个字符里流露着切肤之痛
抬头望向的星辰里
哪颗闪亮的星星是你？

爱 情

房间很小,春光被咖啡色帘子挡在窗外
红色的桌面上
两只碗在一起
将人间的苦与甜一饮而尽
这房间的空气都静止了
尘世的名利在不远处的海边淡去
房间很小
小得只容下两个人
小得只容下两个碗一样相亲相爱的心

火 车

那晚有一百节车厢在旷野飞奔
火车载着你去往那座城市

那夜太长了
长过途经的一百个小站
一百节车厢睁着眼睡意全无

那晚火车上的声音太噪了
只有你狂热的心跳能够淹没世俗的喧嚣
你尝试用高度酒麻醉你的伤痛、孤独

你在深夜苦等为你缝合伤口的人
她早被那趟震耳的火车闪电一样击倒
被一百节车厢上的叹息碾得支离破碎

你将到达哪个小站
请留下一句温暖的话语
让它穿过凄凉的大地
给黑夜带来一丝光亮

把爱当饭的女人

她把短信当作饭
把电话当作水
她陷入爱的沼泽地
没有人能拽她起来
她写诗自慰
像握着普希金手中的剑
她让别人受伤
更多的却伤了自己
箭矢有毒她是早知道的
她始终当它是蜂蜜

不要给我太多

你给我山就不要给我水
让我找到自天而下的瀑布
你给我阳光就不要给我雨露
那雨露终究被阳光吮吸
给我一块风水宝地
就不要给我房子
我只需一把斧子
给我一间朝阳的房子
让那些霉变的物质自行消失
也不要给我马匹,我要每天三次徒步走向那里
给我一匹马
就不要给我缰绳
马蹄的所到之处都是自由的国度

对 岸

多少年了，我只身一人
手里一把木桨用破磨损
直到磨成一根细细的火柴
一次次擦亮通向你的舱门
整片海都点着了
就是触及不到对岸的你

多少年了，我只身一人
怀念像一片飘零的树叶
直至一身饱满的汁液在春天里耗尽
青筋暴露在干瘪的皮肤上面
我把多少个季节都虚度了
依然抵达不到你的对岸

多少年了，我只身一人
将一只船推向海的深处
我隔岸借着月光寻找你手里那微弱的光亮
那盏灯或明或暗
像一条醉酒的鱼找不到彼岸的火
找不到暗夜的方向

多少年了我只身一人
我穷尽所有的力气游到对岸去
像一只气球将自己摁下去再一次次浮起
把自己反复打湿再晒干
直到最后变成一颗沉默的沙子
而你不言我不语
大海死一般寂静

就这样吧，春天早已远离
你在那岸涌来的雪堆里冰封记忆
我在此岸一茬一茬白发丛生

就这样吧，春天早已远离
我还是我，你还是你
再也没有对岸的悲欣交集

黑裙子

今晚我穿上一条黑色裙子
那我就与黑夜融合

你的出现
犹如一团火
我宁可做一只飞蛾
在一声声清脆火花的
奏鸣里
消失在暗夜

夜幕的降临
比任何时候都来得迫切
我匆匆的脚步里
它伴着广场的灯光闪烁
今晚它是无比热烈

火　焰

谁说那些树叶枯萎　那是火焰
点燃了季节　火势朝你我蔓延
那条河流清澈　映照我红丝巾上的花纹
微风在水面上吹拂
我们的影子在其中安静从容
鸟巢把天空举得更高
枝丫密织着林间空地
红黄油彩大块涂抹着远处的烟岚
如果不是你唤我时有树叶从额头
滑落
我的双脚在厚厚的落叶间深陷
我差点就把你误作我的爱人
把眼前的繁华误以为是昨日的遇见
把秋天误以为是缤纷的春天

今天我要经过你的家乡

十月的第五天阳光刺眼
K1902次开往北京方向的列车
车窗外的红房子蓝房子都远去了
树木渐远
远山更远
祖国的心脏很近
你的家乡很近

今天我要经过你的家乡
一条河流正穿过它
今天我要经过你的家乡
我看见待收割的玉米，收割后荒凉的土地
我看见孤独站立的电线杆
它们就像一支支笔将思念的五线谱
写满深秋的天空
大地，那些缺水的皮肤等一场雨做的面膜
小站，思念徘徊着走出走进，铺天盖地
北上北上……
火车经过遍地的果实
经过遍地的茅草落叶
万物将被埋在地下

万物将长出来在不久的将来
你的家乡人潮涌动
铁轨一眼望不到尽头的空虚
一双眼睛载着另一双眼睛湿漉漉地远行

木桐波尔多

你从南方的小镇来到北方
唯独这个节日
你比平时显得更加繁忙
你带来南风,也带来我最喜爱的食物
草莓、豆沙、五仁、川蜜……
你拿出一瓶法国木桐波尔多红酒
今晚顿时隆重
我能与你交换的不过是一壶泡好的秋茶
自然平实没有渲染的情话
如果你有好的心情
就能看到杯子里云卷云舒
春天又在这里发芽
我们面对面坐下
酒才刚斟满,你就醉了

木桐波尔多
三杯两盏
抵不过晚来风急
夜空变成亮水晶的蒙古包

女 人

女人的一生
短暂曲折
她最初是一粒种子
这粒种子注定将来也要孕育
另外的种子
她从春天走向秋天
一粒种子在开花结果
果实丰满鼓胀
从稚嫩到成熟
之后女人开始走向下坡
缘于某种稀有物质的减少
如月盈则亏
而我对一弯月牙没有死心
一只手伸向水中打捞
我已习惯靠咀嚼旧照片上的年轻时光度日
我承认天生就患上难以治愈的怀旧病
我不停地从相册里取出过去的照片又小心放回
那些百看不厌定格瞬间的证据
能够唤起美好的一时的解药
看着看着镜中白发又撒落一地
看着看着早晨的月亮渐渐隐退

童 话

一处院子紧锁着
一扇大门打开着
你牵我的手走进一座城堡
你唤我一声宝贝
我就回到五彩秋千上
我就回到旋转木马上
我是你上世的女儿
你做回我的情人

青虫爬在山楂叶子上吮吸着
山楂红着羞涩的脸结着果
风停了
听耳边的许诺
听有人在唤我的乳名
我把头扭回去
你把我的童真小心地捧在手里
我翻看着你的掌心
在经纬交织的年轮上长出爱

我们一起走着

我们一起走着
走着走着就变成了两块石头
你不言我不语,我们挨得很近
再也磨不出一丝光亮
我们一起走着
走着走着就变成了两块冰
我们都已凉透
即便偶尔拥抱也只会使彼此更冷
我们一起走着
走着走着就散了
我触不到你的指尖
你摸不到我的心跳
你给我的与我给你的
都是越来越模糊的背影
从此,一棵树开了叉
一条河流成了两条
再也没有了交汇

遗 传

熟悉我的人都说
我的长相像极了母亲
五官像她
身材像她
善良像她
兴趣像她
一颦一笑
举手投足

那一年留着齐耳的短发及刘海儿
都说我有着母亲十八岁的模样
母亲年轻时是个美人
对于好的那部分
我亦欣然接受并习惯了赞美
不尽如人意的那部分
也曾动过念头
但都保持了它的初心

身上每一块骨头，毛发器官
目前都尚存完好
都是出来的样子

除了去年暑假为了保命输了一袋
血库里的血
这算不算纯粹

落　日

我喜欢落日
从树叶缝隙间筛下来
那些笔直的树木投下暗影
留下暗处的分行
高举的火把失去了鸟的鸣响
它们渐渐习于安静
你我的脚步时有时无　踩在一片树叶上
我摆弄着风中的头发
把衣衫整了再整唯恐在你面前败露
羞惭
这宏大的背景
惊艳着林中秘密
层林尽染
沉浸于一场大片的录制中
不可自拔

一包烟把夜熏得黑了又黑

你在异乡点燃一支烟
点燃的烟头在你的吐吸间烁闪
吐出积郁胸中相思的痛
秋风吹着秋天里你孤独的影子
吹下树上每一片叶子
也吹下你的每一滴泪水

你在异乡点燃一支烟
拿着点燃的烟在凄凉的大地徘徊
你睁大一双迷茫的眼睛
试图在每个脚印里寻找昨日爱情的遗痕
寻找留下的点滴温暖
你在缭绕的烟雾中往返留恋

你一支一支点燃着
闪烁的烟头像星星撒满大地
烟雾一夜之间熏黑了你的肺
也熏黑了异乡的夜晚
你今夜无眠,你今夜心里狂躁又哀怨
唯有不停地不停地吸烟
才能释怀苦与痛

第三辑

物语与哲思

没有人会停下来
只有风吹过草原
只有草会停下来

物　语

车子还没开进大青山
胃就打翻了
仿佛有人在说进山之前
先把体内的污秽去除方可踏入
这一方净土

跟随一棵羊茅草上山
春风十里吹拂
它要我一再放低　必要时
蹲下来和它拱手相认
此刻我们都是大青山的子民

口　罩

如果把嘴巴封上
我们就用眼睛说话
如果把眼睛蒙上
我们就用心说话
你什么都不说
我也知道你在想什么

报废的火车

见惯地铁、动车、高铁
会对一辆报废的火车突发奇想
时间太久,车皮已经生锈
有人要与车轮合影
我制止了她,像是制止一场危险事情发生
有人在车上演绎婚礼我双手赞成
我坐在嘉宾席上,新鲜的水果呈上
车厢大过婚床,女人的幸福超载
我们笑着祝贺新人,这时锈迹全无
没有车鸣鞭炮声,笑声压过一切
火车带我们穿越到民国
一切都井然有序,新娘端庄秀雅
没有嘈杂,安静在幸福里死去多么和谐
时光却如此短暂
我们沉浸其中,灵魂忘了来路
我们不知这是在美院
听说是设计师曾获大奖的美院
听说火车已经报废
听说火车被扔在一片荒芜之地
听说在江南水之一方
听说它早已锈迹斑斑

听说有男人女人在此相爱在狭小的座椅
而他们早已作古成为神话或谣传
时间好像到达小站
而我迷恋在之前的黄昏里

触　角

如果可以
冲出坚硬的房子
献出原始柔软的躯体
相濡以沫
如果可以
让时间卸下一万年的沉重
让喧嚣就此止步

把你的触角伸过来
在夜空里向星星邀约
一把伞从身体里擎出来
世界从此趋于安宁
那些丝丝缕缕的情结
就此悬挂在空中
晶亮网一样炫彩纷呈

垂　钓

一条大河横贯东西波光粼粼
映出村庄
风紧风大吹不走岸边垂钓的人
佛说：贪嗔痴。你不动声色
有人欢呼：鱼已上岸，竿再次伸出去
你不动声色
我也是，手心潮湿，为谁攥紧一把汗
逆风而立，不动声色
你，鱼舱将满，还等什么
你花尽时光喂养、放饵
我看鱼挣扎后浮出水面
水花溅起，波纹缝合
你不动声色
在你惊喜前我屏住呼吸
摁住体内的一次次狂澜
也尽量做好一个看客
不动声色
却在你狂喜时暗自神伤
在泛起的波纹处以更大的波澜哀悼

春天也有悲伤

有人半夜赶在参加朋友追悼会的路上
一位很帅的油画家走了
有的人惊讶,有的人摇头,有的人痛哭
也有的人对生死打抱不平
为什么总是有人先去
那些被鸟儿叼着的心脏在狂跳在流血

存 在

我又回到原来的位置上
除了我帮你整理拿走的遗物
你用过的东西还在
没有几日便已满面尘灰
像你新添的几根白发
工作台上一台电脑,一瓶绿萝
目前这些便是你的全部
我还是一遍遍望向你生前常坐的地方
你雍容华贵,或清丽自然

我也会一遍遍望向一棵树
你命名叫二丫的幸福树还在
那两只羊角状的枝条正努力伸向窗外伸向高处
而此时秋天将至
许久未经你打理的叶片低垂
自从你走后
窗户每日都是开着的,门也大开着
你从前工作的地方现在很空旷
有风吹进来
我知道风把你的影子吹向房间的各个角落
你看树叶摇动,又是一阵风吹过

我还保留着从前你的习惯一早就打开窗子
此时门大开着
你可以像从前那样欢喜着走进来
此时门大开着
所有的窗户都开着……

打开黎明的翅膀

那时大雪封山
阳光抚摸冰,推开雪
那些水啊,便开始涌动
世纪的冰河汩汩
草籽在火热的地表发芽

那时只有北风
阳光照着,一支木棍
两支,三支
这个巢啊
南来北往聚集
一个诗意大家庭
那些鸟
被一缕金光唤醒
打开黎明的翅膀

过 敏

经历了太多的人生种种悲喜
过后
我以为走着走着再也找不到北了
活着就不爱也不恨了
对常有耳闻的事情趋于麻木
我以为这些年皮肤早已适应
这个城市的温度湿度空气中的尘灰
直到刷抖音时见一个男子
在大街上疯了一样叫喊
我内心的那只小兽又一跃而起
又急又跳地喊出声来
像一场噩梦后的呓语

和草在一起

惟草木之零落兮
恐美人之迟暮
　　——屈原《离骚》

一

谁会想与草一起
我们来自这个狭窄的宇宙
所有人都挤在一起,像面前这片草
它们紧挨着,彼此怜惜
人类的眼里只有土地
而草的家园在缩小失去
拥挤的草一天比一天消瘦
地球喘着粗气
我声嘶力竭地喊像在梦中
没有人会停下来
只有风吹过草原
只有草会停下来
它用神奇的耳朵审视怀念这个世界
它听到一切噪声与秘密,又以极快的速度忘记
它忠于土地,忠于爱情,它扎根于一方土

它一生不肯逃走，不像我
一生都在离群索居
随处都是故乡
随处都有房子和降生的孩子
有与人类越来越近的动物
我的祖辈在一堆荒冢里，在幸福的天国
他们已进入土地并成为草

二

谁会想与草一起
它们是庄稼禾苗是天空大地
是阳光雨水露珠
渗透它们体内的水分子物质
让它们成为自由而富足的人间草木
它们的祖先子孙万代遍布大江南北
世界每一个角落
而我们犹如乞丐
我们比任何时候都一贫如洗
孤独而沉郁
心的深处日渐空虚荒芜
锌铁水营养物质空前缺乏
在最繁华的街市上
献血者失血者都在排队等待一场分秒必争的运输
这个世界上谁的血像雪一样干净
窗外的草朴素安静

我们张开双臂向着原始的草场奔去
这些草籽发出沁人的幽香进入我们虚弱的身体

三

谁会想与草一起
我慢慢倒下去倒下去
低到与它并肩的高度
它们软得如一绺棉絮
它们脚踩的深处
火焰一样蔓延到地面
在四季轮回里荣枯
蒲公英，苦菜，荠菜，当归，人参
有人采集它
入药入药
从此我们体内长满葱郁的草
与草一起
与风雨雷电万物和鸣
一根救命稻草被紧紧攥在手心里
我们与草在人间相爱
脱离虚弱的身体

四

谁会想与草一起
与芦苇一起

从青春到华发
一生与水白首不离
站起来吧与草一起
没人不会迟暮　历经一个又一个轮回的四季

五

成为一株草是迟早的事
它在月光里撒播种子
它在夜里输送暗香
草成为今生来世
成为历史中最坚韧的名字
万物都要溜走
只有草会留下
在以后的以后
唯有草
与另一株草紧挨在一起
安静地在夜空用眼睛对语

六

唯有草
在哲学家的头脑里
在文人的笔下
那些永恒的思想里

七

草会记得草的样子
草把自己写进日记里
草在低语
草在写诗

方向盘

我握着它,它渐趋发热
这一握就是十二年

像是握着母亲的手,它一次次焐热我的手心
更像是握着我的孩子,那时他才六七岁

我从一片停车场里或在一片摆放凌乱的车里
一眼就能看见它

就像我从一群戴着红领巾身穿校服走出校门的孩子中
一眼就能找见我的女儿

他们说这车零件不好使了该换了
我突然想起我体内用了多年的器官

十二年了我拉着母亲与孩子满城地跑
幼儿园、小学、中学、辅导班、医院、海边……
我怎舍得把它一下子扔掉……

风　车

童年的风车，童话里的四叶草
风来的时候，它舞蹈
舞蹈是它永恒的姿势

成年后我回到它那里
我推开门
它伸出
叠加的掌心给我看
没有溢出的掌纹
只有光滑饱满的皮肤
和皮肤下纯粹的灵魂

这不是堂吉诃德的风车
这是我童年的风车
有酸有涩有甜味梦幻的
风中的摇篮
疯狂的向日葵

缝补师

红屋顶小镇没几日就成了一片废墟了
听说要筑起几座小高层
最热闹的农贸市场
技术高超的缝补师
我找她修改过几次衣服
她都哼着曲用脚踩出一排排细细的针脚
冬天零下十摄氏度
那间几平方米的房子里
她穿着单薄的外套开怀大笑
自从这片红房子消失后
我再也没有见过她，也不知她的去向
她帮我缝补衣服
也缝补我在生活中磨出的细碎的伤口
可现在她在哪里缝补她的空虚、她的伤口
她的百无聊赖的时光
如今，我想知道
她有没有一件不用缝补加棉的衣裳
能抵御今冬的大雪一场

覆 盖

我们一生都在被一种或 N 种物体覆盖
躯体被四季的衣物或层层棉花羽毛覆盖
家被房顶覆盖
被空气覆盖
然而,我更想成为一只贝壳被柔柔的沙
粒或海水覆盖
更想成为一种鸟沿着天空的边缘飞行
被黎明覆盖
有时也被七彩霞光覆盖
有时也不畏惧被雨水积雪覆盖
但到最后
我们要接受被一把新鲜的泥土覆盖
被泥土之上的香草或雏菊覆盖
被一块有着简单或复杂的叙写的石头覆盖
被早到或迟来的黑夜覆盖

灰色地带

他们说这是黑的
他们说这是白的
不黑即白
喜欢这样评价一个人
或一件事物
他们还在"盲人摸象"
却往往忽略了那片灰色地带

会飞的鱼

我知道那是很早以前的事了
我知道这是很久以后的事了
往昔都在那儿
长着鱼眼的大船在那儿
小桥流水人家在那儿
青砖灰楼在那儿
历经风雨的旗帜在那儿
观天象看风水的塔楼在那儿
我们需要记住历史

鱼飞上了屋顶
鱼飞上了天空
人类一睁眼就能看到
蓝天上五颜六色的云在舞动
望着望着小镇上灯了
古老的灯盏如明月高悬
新的一天即将到来

即使在这样的夜晚我并不孤独

即使在这样的夜晚我想我并不孤独
如果能用我的羽毛这唯一的火焰照亮夜空
我不孤独
如果我在大雪纷飞的夜晚能够张开喉咙高声歌唱
我不孤独
如果我满头结霜双脚战栗而翅膀终将打开飞翔
我不孤独
如果许多年后我的双眼在你眼里依然清澈如许
我不孤独
如果有一天你的手从我手中轻轻滑落而余温还在
我不孤独
如果我对那些早已冰封的岁月还深有怀念
我不孤独
如果大雪覆盖枝丫、落叶甚至那些死去而干净的灵魂
还在
我怎会孤独

镜　中

仿佛久未谋面的朋友
已习惯每天与自己打个招呼
哪怕在镜中与另一个自己
默默对视一会儿
我说我不是你的皇后，身边也没有
侍女
我要陪自己静坐一会儿

沙与沫

我的脚印重复着你的脚印
历史的、现代的、远行的脚趾
沙中游弋的鱼群
在海岸上搁浅或被再次掩埋
沙堆砌成深浅不一的象形文字
黄金在地下沉默
一片月光在沙滩上搭建舞台
你是自由的鱼群
海的儿女
海的出家人
你的眼角溢出大颗的泪珠
你的胸腔里藏着九个大海
一个用来活着
一个用来埋葬
其余七个是你梦里的情人
她们有着美丽的翅膀

书

我惭愧拿一生时光做赌
坐拥书城
也无法企及它的高度、宽度、厚度
若愿以勤为径,以苦为舟
方可见证诗与远方
渐入人生佳境
此刻我积蓄微薄
相比眼下世事难料人生悲欣
闭门思过
明心见性,体察人生
不想春风十里岁月静好
只觉生已是不易
活着便是行走的书籍

天　桥

你站在桥上看风景
看风景的人在楼上看你
　　　　——卞之琳《断章》

天桥下车水马龙一片繁华盛景
大学城的人都知道这是滨州路上的
一大风景
这里每天都有太多的故事
它沉默，微笑，感伤
它静静地守着这个城市
是谁托起了它
谁就托起了青春
托起了朝霞
托起了彩虹
日照的桥高起来
　座座直入云霄

贯穿东西的桥
贯穿南北的桥
通向北京的桥
通向南京的桥

通向大海的桥
通向陆地的桥
通向富裕的桥
通向文明的桥
梦幻的桥
善良的桥
理想的桥
通向远方的桥
诗意的桥

一棵树

要活就活成一棵树

用月色涂满全身

夜色就如白昼

你照着月光在太空里闪烁

要活就活成一棵树

你弯曲的姿势是世间最美的舞姿

你望向天空的眼神

决绝优美,充满期盼又略带点忧伤

你带着沉甸甸的脚步飞翔

要活就活成一棵树

茂密成春天的样子

笔直地站立与仰望

成全一生的希冀

叶子在云间自由呼吸神采飞扬

要活就活成一棵树

浓密的枝叶遮住一生风雨

啜饮不尽的阳光

始终是绿叶间斑驳的诗意

洋　葱

只有褪去这层层的包裹
窒息的束缚　辛辣的眼神
向死而生
才能轻松进入紧锁的核
才能揭开深藏其中的奥秘
为此你付出代价
每掀开一道伤口
你的眼泪便夺眶一次
不停地剥离
这一地碎片聚集
泪如雨下
就剩最后一片了
普通的叶芽
娇嫩
从洋葱的根部抽出真心

笑

你笑了
那是因为岁月没有了苦难
天亮了

你笑了
那是因为母亲也笑了
世界一片灿烂

只有天使的笑
才会让宇宙害羞
让大地震颤

第四辑

自然与花草

院子里叶子飞来飞去
旋转,停顿
一片遮了你目,一片乱了我心

夕阳下

下山时
再次路遇这些草木
它们都怀抱一团火
那个不远处的火球正在
下坠
掉到土沟里
天上只剩暗黑的灰烬
我羡慕这些经历过燃烧的生命
夕阳下
它们相拥到白头

草　原

它悠闲地走着
我心安宁
它懂我
正像它对这片草原
而我身单薄
抵不过云朵下的一片草
它们绚烂冷艳身心辽阔
它们双脚占有大地
眼睛繁华过星空
我的天
你松开手中的缰绳
丈量自由

大海在东

今早温度 21℃、11℃、-21℃……

鬼天气,降温再降温
我开始质疑一个性情多变的夏天
质疑我的心的温度
我的王不来
一切都被风吹乱并凉了下去
我一遍遍对望镜子
我的一头秀发从未这样地凌乱
我一遍遍抚弄着它
越抚弄越乱
最后乱成一把野草
客厅的琴立在那里
再没有往日的优雅动听
像一桩嘶哑的木头
推开窗,一城风雨
这个忽冷忽热的夏天
他说:除非天塌下,天塌下也会来
来拯救我
拯救我被压碎的灵魂
这些戕戳身体的话语

让我花了很久的时间
才抚平我乱草一样的心
上邪，天地合，乃敢与君绝……
我在找一位合适的听者
让我一字一字地诵读给他听
我在等我的王
外面倾盆大雨狂风肆虐
他骑乘一匹骏马
从东西两面扬鞭而来
马蹄声声，泥沙横飞
大海在东，我的王向我奔来

海水一遍遍拍打着岸边

它拍打在我的左心室
那些被盐水滋养的紫花和野草
在我的眼中愈加艳丽
岸边的石头也发出一样的光芒
那些积雪、泡沫
在一阵风里
飞来，揉碎。飞来，揉碎
不停地飞来又揉碎
千万朵浪花从脚边绽放
而我的双脚在无边的水中摇晃
在潜在的一场危险里摇晃
在半信半疑间摇晃

该来的终将要来
我内心一片欢腾
他说来就来
没有预言,没有任何预兆
我终究没能按捺住浪花的狂喜
笑声越过一些往事
大海在东,风在呼啸

我的王没有到来

大海是寂寞的
我一次又一次走向它
我往海里扔石子
从一个到两个到多个
不知有多少石子从我的指缝间滑出去
面对黑暗的无底洞
感到一场身体被抽空的恐惧
强劲的海风吹散了我的理智
我疯狂地往海里扔沙子
扔贝壳
半生的烦恼扔进去
几吨的眼泪扔进去
海水默默地容纳着我
一浪紧跟一浪变成一面城墙
还是昔时的欢愉,旧时的沉闷
大海在东,风在呼啸

上善若水

大海在接受着我的哀怨
我的疼痛
我的狂躁与不安
我多像一个任性固执的孩子
也像是一枚被掏空的贝壳
或是无家可归的猫
四处流浪
生活依然沉重
把重担卸下来
把脉搏里跳动的污浊的红色液体彻底清理
身体空荡荡了
灵魂走向虚无
身后的人也跟着纷纷举起手来
他们也向海里扔沙子
扔生活中的残余
也如我一样把自己放空
那些让人羞耻的邪恶的念头
像此时的天空
干净得没有一只鸟掠过
然后在黄昏的沙滩梳理轻松的表情
在最后一波潮水到来的时候
我想到我空虚的躯壳
是否也该彻底清除

像海里那些幸运的生物
及其沉入海里的异族
他们生来是自由的
呵,这有多好
大海在东,风在呼啸

随后我为自己感到羞耻

我的生存之道远不及那些水生物
那些长了本事的异族
它们拥有大海的自由
习惯大海的黑暗与黎明
而我依然会感到恐惧
像小时候害怕天色暗下来
害怕被黑暗吞噬的河流与街道
害怕黑暗中突然出现的光影
那些导体不再发出电光以及温暖的东西
这一次我终将失败
海底并没有如我所愿
成为我希望的墓地
我的王来了
他一双大手把我从浸透的罗裳
里托出水面
我满脸是水,分不清海水还是眼泪
一样的咸涩
大海在东,风在呼啸

我的王，你打马归来

马蹄欢歌沙砾扬起
从此这里所有的沙滩都归于你
那一片滚烫的沙砾
它蒸腾着岸边的人
也炙烤着你的每一寸肌肤
海岸线弯曲着向外伸展
天空高远
却没有你的眼睛更加辽阔
你触摸海，它深不可测
却比不过你深沉的内心
你被沙子包围
那遍地的黄金，没有你的灵魂金贵
你的视线触到云端
你来，踏浪
海是你的
天空是你的
自由更是你的
你在大海之上
不是昔日败将
不是亡命之徒
你是我迎接的王
君临天下，目空一切的王
我真的希望你是我另一个自己

大海在东,我的王踏浪而来

你离我那么近

四目以对,像黑夜里的两盏灯
不分彼此烧在了一起
那里不是土耳其浴室
没有霓虹下的喧闹与拥挤
我的王有他迷恋的花园
我漫步于我的旷野
两个圆彼此交融又各自拥有自己的领地
我们站得像星空下的两棵很近的树
叶相互扶持,根彼此抓牢
生时相依,倒下合葬在一起
我依然在一场场的回忆里
那些痛苦与甜蜜
有个声音说,该回到现实
回到简单的生活中
这一切终将结束
我还在苦苦的思念里徘徊不前
我的伤口渐渐愈合了
有我的国王在
我沉浸在一片欢喜中
醒来日出,睡去落日
大海就在我的身边
永远不离不弃

海风无休止地吹着
我依然渺小如一粒沙子
风住的地方既是远方也是故土
在盐水里浣洗污浊
水来了，雨来了，雪来了
夜安详安静
海风轻轻拂过时
人类沉睡如婴儿均匀地呼吸
新新的新新的
如夜空里的星子
明亮而干净
栀子花氤氲着香气眨着眼睛
我的王面朝大海
一把剑在黑暗处划出一个个口子
一道道光亮随之而来
大海在东
十级大风在呼啸
我的王来了，马蹄声声，飞沙走石
一道闪电划破夜空

大河汤汤

除了两岸高过人的艾草疯长
仿佛你漂浮于江上的三千丈白发
除了江底的那一块石头
潜于水底一再沉默千年
你一把灰烬都没给自己留下
那汨罗江的鱼啊至今怀抱你的骨头
夜夜听舟子传唱：沧浪之水清兮，
可以濯吾缨；沧浪之水浊兮，可以濯吾足

日复一日大河汤汤漫过你宽阔的胸腔
以及从你悲愤的胸腔里吟出的千古绝句
路漫漫其修远兮
吾将上下而求索
浩渺江水一遍遍翻唱呜咽
日月安属？列星安陈？
谁来回答你划破苍穹的《天问》

舟楫划开清冽的江面
你左手《离骚》右手《九章》
悲壮一如战国的号角直至震慑山谷
声嘶力竭

一把青铜宝剑早已陈列在岁月里
锈迹斑斑
荆楚大地也不再是你热爱的楚国
五月,借天边的彩虹环绕香甜的
苇叶
唤你舍身饲虎的魂灵

放万盏河灯
从上游至下游照亮楚地的山河
回吧,屈子
弹琴赋诗继续做你伟岸的大夫
回吧,屈子
故国神游继续你万死不辞的追问

大 雪

冬天深了夜色很凉
你已觉寒意彻骨
我也是
触及外面厚厚的大雪
堆积在你的胸口
你温暖不了自己,向何人取暖
温度一降再降
院子里叶子飞来飞去
旋转,停顿
一片遮了你目,一片乱了我心
找不到故乡的来路
长过三千白发的夜,不见悲喜

大　雪
——给天气，给我们

一

天空在撒纸钱
给冬天的乞丐给流浪汉给
一无所有的诗人
这是云朵对死亡最神圣的祭奠
来是赤裸裸的
去是赤裸裸的
大地证明除了死亡你什么都不会带走
你还不回心转意？
大雪给过你最丰厚的礼物
世间最刻骨的隐喻
不要逼着这白色的精灵说出真相
它一尘不染
它一尘不染
它只享受这次短暂
幸福又宁静的夜晚
如果生命可以继续
如果爱情还可以挽留

二

等与不等
该来的终将会来
谁能躲过早已设好的命定
除了惊喜
也许还有伤痛或至死不渝
冰火两重天
冰向火每靠近一步就有灼伤的可能
你热烈的怀抱火势凶猛
雪被童话中的魔法吸引走向种种的猜测之中
不谋而合的约定也不排除被毁灭的结局

三

你习于冷在云端之上
温度一降再降,你最后成了冰
你飘浮的心呀
一朝决定在人间落脚
就深情地交出所有的温柔
哪怕在火中重生

四

来吧,坐到我的身边来
雪越下越大我们更加沉默

来吧,坐到我的身边来
让雪花替我们说出积在胸口的抑郁、羞涩
来吧,坐到我的身边来
往炉中添一把木柴让火燃得再大些
来吧,靠近一点
煮一壶酒容我耳语你:能饮一杯否?

当暮色降临

当暮色降临
你是最亮的一盏街灯
当你的声音出现
我暂时忘记了这世间的喧嚣
仿佛一切都已沉寂

我的窗户向阳而开
门前的紫菊也向阳而开
为了迎接你
那些花瓣穿上塑料防风外套
避开风
就避免了一切危险的离开

丁　香

你绽放在清晨的薄雾里
其实你是醉着的云朵不小心跌落人间
你的手指向天空与大地
在激情的指向里：如此倔强与艳丽

你是在上一个冬天留下的
最后一件紫衣
将翅膀忘在一棵树上的蝶
只等春天醒来
豁然间交出自己

你是伸向春天的利刃
在暗夜里披荆斩棘
只选择在黎明时分喷薄独有的馥郁的芬芳
灿烂每座城市和乡村

风

风来了,从黄海之滨
把春天从冬天的怀里拉出来
风吹开了一树一树玉兰的花苞
吹得鸟巢荡起了秋千,左一下右一下

吹红了渔村孩子健康的紫红的脸
吹动了海边那情窦初开的少年的心
吹开了老人脸上深陷在人世的皱纹
吹开了帆船基地飘扬的帆

吹开了少女迎风飘飞的青丝
吹开了市政府广场火红的旗帜

风似一把剪刀与梳子
柳叶更整齐了,少女的发更长了
风里有洛夫的一纸情书
风里有远方亲人的牵挂

风里有春天无数个秘密长出来
风把沙子从这里吹向那里
风把星子从天上吹到树上

风把月亮从夜空吹到窗户上

风让亲人从彼岸来到此岸
风让许多只小船变成了大船
风让一个小渔村变成了一座城
风让一座城起了摩天大楼
风让日照披上了彩妆

水

我是等你的新娘
我用半生的时光坚守日照这座城
用天空中鸥鸟的翅膀拍打黎明
用浪花里不断涌起的雪白厮守长长的海岸

重要的誓言是我早年穿过的白色蕾丝边裙子
在大海的柔波里旋转起一层层涟漪
山无棱，江水为竭。天地合，乃敢与君绝
听得见吗
一件白裙子在天地间狂奔高歌
歌声高过君临天下双子楼，高过临海的国际财富中心
高过安泰国际广场

花间词

你离不开水
即使他们将你采摘也依然
会把你放回水里
正像我一刻不停地呼吸
离不开空气,离不开爱
你的手掌慢慢伸开变大
大过头顶的一片天空
你的天空是绿色的足以遮蔽黑暗
你也有老去的时候
在一张宣纸上完成盛放,或涅槃
我只能远远地看你
你拒绝着世俗每一粒欲望的尘埃
你的掌纹里布满一万个春天
你的清香还在我攥紧的手心里
你的圣洁被人钉在墙上一幅水墨画里

荒　原

一

危险的地方有着荒凉
比死亡还荒凉
荒凉的地方暗藏着危险
意想不到的危险
他一脚踩住一棵满身是刺的荆棘
我在芦苇深处有幸躲过一场灾难
密林深处
是更多更密的树
荒原越发荒芜
茅草丛生，铺天盖地的草
掩埋过去的草
掩埋时间的草
掩埋罪恶的草
掩埋忧愁的草
冬天加剧着枯萎
荒原加剧着凄凉
它的美胜过夜空
它触手可得

而星空之美永远高不可攀
我的爱人站在远处
他一直等着我
等成一尊雕塑
一条沟横在眼前
我伸向他温凉的一只手

二

其实不必担心
蛇在静处安眠,它的梦是关乎一场春雨
一场秋凉
关于青草
关于蝉鸣
它在安睡
它回避枯萎
它看不到荒芜之美
我比得过一条蛇的眼睛
我见过更大的疆域
我的梦就在脚下藤蔓的深处
它们彼此缠绕
十指相扣
超越一面墙的坚韧
我见到另一种美
这里荒草不尽是荒草
丛林深处黄色或蓝色的小花

给你惊喜
不只是春天的花开得艳丽
冬天也有了另一种可能
它告慰荒草告慰枯枝
它不屈于荒草不屈于寒冬
岁月静好，时光像现在这样安睡
只有枯枝的呼吸
没有悲伤亦没有欢喜
危险的地方美得无可代替
超越春天的美
胜过春天每一场惊心动魄的雨

三

荒草在立冬之后安静下来
像一位安度晚年的老人
偶然有毛绒绿球果在路边探出头来
芦苇在风里结着种子
白色的棉絮被风吹散
头发在风里飘散
部分松针变黄离开枝干
树叶继续着怀旧
趋向于今年流行的焦糖色
焦糖里吸收了太阳的光芒
人世温暖
如果此刻再有宽大的肩膀

灼人的拥抱
他不是我的爱人
他把摄像头对着我
他愿意为我记下这个冬天
记下我在荒草间的行走和思索
我被荒草包围
四周没有鸟鸣
白昼静如夜晚

四

这荒草过度缺水
像我双侧额叶缺血
大地需要一场雨
而我需要爱
需要暖
不是施舍,这样太过悲哀
柿子如几盏灯高悬在空中
招摇,惹人爱怜
他说让我踩他的肩膀取下灯盏
这下惊动了山人
他们拿着长杆帮着撸下来
他们的脸红过柿子
有着山中我见过最健康的肤色
是最可爱善良的长者
我此刻羞涩

为我的衣冠楚楚
为我的贪欲之心
柿子在我手中
浓密的浆液就在不久后溢出来
而我已迫不及待含在口中

五

密林深处
没有牧童没有酒家
杏花正在酝酿下一场盛开
唯独没有策划出墙
烟火给人温暖与不安
谁敢轻易点燃一场烈焰
谁来收拾一场大火与残局
也许这是另一种灾难
正如你我
我们体内都燃烧着熊熊火焰
正极与负极
两个带电的因子
两个危险分子
我随时防范来自火山喷浆的危险
山上太过干燥
从枝干到叶子到根茎
稍有不慎便会引起一场大火
去做一个纵火犯

然后用尽一切惩罚
这不是我想做的

六

芦苇高过头顶
高过群山
高过天空
高过墓碑
白过飞雪
干净而端庄
朴素而沉寂
修长亦清高
如爱悠远而高贵
荒原上的闪电
亮过白昼
落下的火种惊动怪兽
邪恶羞愧低头
一只野兔探头躲闪
荒原再次沉寂
风无声无息
深陷荒原
深陷下一个春天
深陷有繁星的夜空
深陷生机勃勃的大地
深陷风雨闪电

深陷虫儿和鸣
让爱泽被每一片叶子
每一粒深埋地下的种子

七

我还在密林中走着
突然想起远方的爱人

江　南

不提江南
那些水过于魅惑
刚把指尖伸出去
它就偷走了我的掌纹
不提江南
那些花香过于妖娆
每一个巷口
都有它的一袭丝绸
摄人魂魄
不提江南
那些茶过于绿了
让人嗅一下
便辗转反侧
不提江南
江南的诗踩疼了多少青石板
不提江南
江南的画划坏了多少舟楫子

旧照片

那些群山抱得太紧了
所有石头将我高高托起
在白云之上忘记了哪里是归途

那些花朵诱惑太深了
如火如荼,十年都不曾凋落
满身的香气里,不知醉了多少只蝴蝶
而我又怎能逃脱
有时我把昨天拿来装点今天
装点夜晚
没有一样是旧的
只有时间背对着我一遍遍转过身去

空　地

教学楼前后都是逐渐返青的草坪
哪有一块空地
饥饿的人睁大瞳孔望眼欲穿
荷瞳集太远，厉家庄子集被禁止，秦楼集
琳琅满目的食物中找不出一种能打开味觉的食物
刚开始挑又大又新鲜的
后来挑带虫眼的，虫眼越多越好
她们终于找到草坪的边缘有块空地
浇水施肥捉虫
她们很快活地感慨终于做了一次农民
然后盼望绿色从土里钻出来
像盼望久别的亲人
她们和我们一样
从没有像现在这样亲近泥土
亲近庄稼
我们少年时从没把土放在眼里随意挥霍
直到土变成大把大把的金子
直到我们一步步再回到土里
抵达它的深处

空椅子

来椅子间端坐
给你挽长长的发髻
插上一柄桃木梳子
编细小的辫子淑女般
你就是楚国的公主
只弹琴赋诗画画周游
不扮男驰骋战场

天使般椅子间舞蹈
两个朝天辫
把光阴逆转
那年夏天粗布碎花衣裤
舞台上
霓虹灯下起舞的翩翩少年

山　风

风里有风
春风浩荡
与群山共舞
与花瓣、树枝、流水
追逐
此起彼伏
风淹没鸟鸣
我的呼吸、步履
风过了
静听寺庙传来
诵经声

山　路

山路十八弯
有时绕来绕去，发现
尽头却是原点
仿佛这一辈子
兜兜转转
又回到一个人
回到两手空空

上　山

多少个头顶堆砌上去
才能测出它的高度
在陡峭的崖壁
我把身体一再放低
山风嘲笑我的匍匐
还有更高的峰顶
转过身去
那些台阶上空荡荡的脚印
在万千肋骨之上
发出沉重的回响

失语的蓝莓

怪就怪在你被他们移到这儿
你做不了你自己
他们把你隐藏在林间空地
自以为避世安全
无花果、柿子树、石榴树、苹果树
都比你高比你密
你是这里最小的妹妹
密林深处唯一的一株蓝莓
你没有辜负他们生根发芽开花结果
每走一步小心翼翼
你的果实低调空悬是丰收也是祸患
裹着一层雾水的果暗含酸甜
躲藏得再深也深不过世俗的双眼
莓是高贵的,莓是危险的
名字里早有命运的暗示
不是孤独坠落就是别人的盘中美食
我今天见过的是遭洗劫空荡荡的蓝莓
在人间失语
生来是什么就要过怎样的生活
这难道是人间的自然法则

紫　藤

仿佛一只打碎的花瓶
在时光里跌落
它瓷一般光滑脆弱
怎抵住一场晚来的风

这撕裂在枝头的碎片
是一把把尖刀
扎向岁月的深处
她一次次捂住胸口
飞起，飘落

紫色的鸢尾花

临水而居是我想过的
一株鸢尾花实现了它
房前有河,屋后有山
也是我想过的
大河日复一日流淌
照见她随风舞蹈的样子
五月的心思透明热烈
花期太短短过一首诗
若见她大红大紫到南北两岸
又要生生地再等一年

野菊花

它行走在时间荒芜的轴上
久之
源于这些雨水的吝啬,阳光的偏斜
漫长的夜
大地又一次陷入干渴

它站立在乱石废墟之上,伸手即可触摸夜空
艾略特说这里没有水,谁的根从石头上长出
我的野菊花
生命在枝干内部积蓄力量,粗粝的剑刺
花瓣在月下分娩疼痛,暗香浮动
石头,泥土,沙砾,枯草,荒原如猎豹身上
艳丽的火花
我的野菊花
生命的火种在其中蔓延愈演愈烈
这漫山遍野的焰
它是艾略特的荒原
我瘦小的野菊花
每一片花瓣都在贫瘠的土地上寻找光明
每一朵花香都浸透着清凉的月光
一万朵野菊花睁开眼俯视人间

一万朵野菊花听见风在呼啸
我的野菊花
它远离尘嚣
它戴着金色的王冠
从秋走向秋
它艳到被斩首之后当在陪葬
它香消玉殒依然碰触无数指尖的疼痛
它埋在霜里浣洗
又以高傲的姿态回馈荒原
你看
一万枚小太阳折射出世间最温暖的光芒

烟　火

地上处处是灯火，处处是高楼
我怕你看不见我
我才选择在高空绽放自己

而天空闪烁着繁星
我怕星星迷惑了你的眼睛
我必须敞开喉咙一路高歌着飞向太空
你如果顺着声音寻找
定能发现天幕上
那一只最绚丽的花朵
那是我为你点燃的独一无二的风景

当我完成我的盛放
以疲惫的身姿下坠
请你不要立即走开
请伸开温暖的双臂
接住我粉身碎骨的躯体
如果你抓不住我
我一定变成了灰烬
那是我为你燃尽了最后一根发丝
为你倾吐了最后一口力气

请你松开我
让我回归庄稼回归原野回归大海
回归土地
我要在春天里静等你的消息

如果灰烬你也没有等到
那是因为我变成了一缕青烟在空中弥漫
只有这样
我才可以昼夜在天上望着你
或者变成了一片云
你走到哪里，我都紧跟着你
不过你不能独自黯然神伤
因为我不愿做你眼中的泪滴
怕你轻易地就将我从你的眼中拂去

月光曲

湖　上

你说翡翠
我就指着
这一湖水的满绿给你看

你说莲
我就想到
千手观音拈花的微笑

羊脂玉在月光中沉潜
一到六月他便点亮一盏灯
看她在空中结籽

远　方

多少个明天降临
如果你对昨天还有回忆
请让石头替另一块石头
述说所有的过往
多少个冬日过去

如果你对春天还有向往
请让雪花在荒芜的草坪上
留下洁白的分行
不管你在白天抑或在夜晚
当你开始的时候
玫瑰已铺满了家园
你在诗意的庄园里流连忘返
你的诗歌隽永
你的远方不远

元夕夜 · 太阳广场

没有哪里的灯光比这里更绚烂
没有哪里的灯光比今晚更洁白
这哪是灯光,这是春天的花朵
春天的海风一吹
一万朵五彩的郁金香就打开了花苞
火红的石榴花也开了
今晚的太阳广场,只有花海一片

花儿摇曳着,彩蝶追随起舞
草坪上一曲动人的蝶恋花在风里传诵

一树一树的梨花也竞相开放
彩蝶呀彩蝶
这哪是梨花,这是银河里的繁星
是这人间胜景的诱惑让星子来到海边玩耍

这闪闪的星星呀
谁能数得清
犹如这个城市里不断站起的高楼
犹如海岸线上的沙砾

这哪是沙砾

这是遍地的黄金

看那些五彩斑斓的水母

还在新年的沙滩上狂欢起舞

第五辑

爱与思索

倒叙、插叙,回放
守着这短暂宁静的时光
等待、张望过去

雪

大地撒满白花花的银子
人们都在赞美,有什么稀罕
不属于你的你抓不住,你终将输于短暂
属于最后一滴水,属于在人间的最后一口气
那些银两与你何干
见不得阳光的阴暗冷酷
寿命自然短暂

在阳光充足的另一面
土地没被寒冷冻僵,裸露出肩膀和胸膛
比起这闪亮耀眼的银世界
我更钟情于脚下的一把泥土
钟情于枯叶与衰草的醒来
泥土喂我粮食,我拿骨头偿还大地
是时候了,大雪过后
那些嫩芽与虫鸣姜葱从土里钻出来
春天在成堆的废墟上站起来

旋转木马

我与孩子们慢慢离地起飞
他们向前飞
我朝向后飞
现在他们都有父亲或母亲陪着
那时我被老师抱上去
受到惊吓大哭完
再被老师抱下来
紧握把柄推旋转柱子的那个男人
真想上去叫他老师
多想他是遗弃我十年的父亲
那时面对这位家里的陌生人
哑巴一样张开嘴
什么也喊不出来

清　晨

一片叶子唤醒另一片
一朵云推醒另一朵
风打开红木窗子吹进鸟鸣
墙上钟摆嘀嗒
母亲从不靠这些喊醒自己
她已习惯于自己多年的方式
她知道黑夜什么时候脱壳
从一缕霞光里
而这束光里有七种色彩
像她的七个孩子
她深知黎明马上分娩
在此之前她要为她的孩子们
备好早餐

热爱与毁灭

没有谁不热爱这一片土地
草准时绿着,花及时开着
雨水从未迟到过
黎明被蝉的歌声叫醒了
这一切我从未曾怀疑过
我的爱从未停止过

你活着从不关心这些
像冬天一样冷漠
冬天把一切事物掠夺
直到最后一片叶子
流浪荒野
你不像风
它会偶尔打开我的诗集
你不像雨
它从未忘记灌溉我的花朵
你不像雪
它掩埋尘土与污渍
它输给世间最干净的血液

而你将我的春天剥夺

你抢走我编织的花环
你抢走我那件漂亮的红裙子
我的诗歌呀你拿去吧
如果这一切都会失去
我想你阻止不了对一棵草的毁灭
它的疯狂是在枯荣间站立与重生
它从未向冬天弯过腰
也从未向一粒尘土低头过……

日东高速

我途经许多城市和乡村的路
那些纵横交错繁花似锦的路
仓央嘉措磕长头匍匐的山路
寂静的路，喧嚣的路
泥泞的路，坎坷的路
有的连名字也记不起的路
早已迷失在时光隧道里

只有横贯在山东省南部的这条日东高速
是我怎么绕也绕不过去的一段人生旅途
是我途经一万遍还想走的路
是我来世与今生要走的路

从泗水河到大海
从日出到日落
从孔孟故里到浪平风静的万平口
从母亲到我
它贯穿鲁东南这片古朴苍劲的黄土地
是日夜流淌在我身体里的一条大动脉
更是母亲和我之间那条
永远也剪不断的长长的脐带

顺着这条路走下去
我就能听见母亲想我时剧烈的心跳
顺着这条路走下去
我就能清晰地看见母亲新增的白发与皱纹
顺着这条路走下去
我就不会在人间沧桑中迷失
我会在这个冬天找到儿时的暖

从大海边来到泗河畔
从曲阜驶向日出东方的日照
我途经一个又一个熟悉的小站
日照，莒县，临沂，费县，平邑，泗水，曲阜
曲阜，泗水，平邑，费县，临沂，莒县，日照
姜尚至今还在独钓寒江
王羲之还在叙写兰亭曲水流觞
鹿乳奉亲的郯子在古郯国讲课
孔子周游列国……
这些小站让我汲取历史遗留的精华
品尝苦味的银杏，甘甜的饴糖
这些小站让我留恋辗转难眠
我迫不及待地驶向下一站
我行驶在日东高速公路上
将母亲的爱
装在我人生的后备厢
握着命运的方向盘

任归乡的车辙重复再重复

任冬雪雾霾覆盖再覆盖

我依然追赶岁月的车轮

把时速提到最高点

提到与母亲心跳频率相同的高度

提到沂蒙山的高度

提到海平面的高度

朝向大海的方向

望穿秋水望断八百里山山水水

奔向故乡泗河

风驰电掣

我把心当箭矢射到离母亲最近的靶心上

赶在母亲又一根青丝变白之前

放　牧

我很想从背后抱住她
枕着她的肩膀像很多年前
随即便打消了这种念头
让她陪她自己说说话吧
她说得认真听得仔细
阳光抱着她
仿佛当年她抱过的所有子孙
她现在每天只能抱住一根木棍
像手握一根稻草
行走，站立，或坐着不离不弃
这一生大多数时间里她被
风雨雷电霜雪反复抱过
变得瘦小，单薄
她放飞了她的孩子
似乎她的余生也只剩这些了
倒叙，插叙，回放
守着这短暂宁静的时光
等待、张望过去

疯狂的向日葵
——亲爱的文森特

你为它耗尽了短暂的一生

这疯狂的向日葵
它让你尝尽苦难走投无路
逼你向弟弟提奥求助

这疯狂的向日葵
它让你众叛亲离争吵撕裂
这疯狂的向日葵
你用一生的心血去种植

这疯狂的向日葵
你为它耗尽最后一个铜板
它为你留着大地的金黄

你涂抹每一片花瓣上的经纬
你顺着这芳香走向繁星
这疯狂的向日葵
阳光里永不停歇的风车、火轮

感 恩

如果你给我一粒种子
我就会从地里捧出一个太阳
如果你给我一束光芒
我就会绽开一万张笑脸

如果你让我画出世界的样子
那我就选定三种颜色去描绘
蓝色——天空
黄色——向日葵
绿色——叶子
在冷暖交替的色调里涂抹出
一个孩子眼中的惊喜

公　主

你是谁的公主谁的白娘子
你来溪边饮水
你与最后的青草毗邻
你啜饮着水牵着马匹的影子
你是谁的公主谁的白娘子
你是遗落在草原的一朵云
误闯水中的那些是镜子里你的姐妹
你通体的白是日日翻唱的经文
你是谁手心里的画，谁口中的歌
你弯身下去的弧线多美，你抬头唤醒的晨曲嘹亮
到底谁是这里的主人
草原彩排歌唱，天空彩排舞蹈
你这自由的天使，人间最美的公主

孤　独

一条白鱼在鱼缸里自由也孤单
我从市场又带来两条红鱼一条黄鱼和它做伴
第二天一条红鱼死了
第三天我预感不好转移了黄鱼
第四天另一条红鱼死了
白鱼又回到之前的自由孤单
第五天白鱼也死了
鱼缸里空空荡荡再也没有生命迹象
只有输氧管在那奄奄一息
我不忍心打捞
我再也不想听见关于鱼的任何传说
我本想让它脱离孤独
没想到变成有罪的人

假　死

他说举起手来
老人举起双手做投降状
他端起手枪扣扳机
老人顺应倒过去
他不断地瞄准
老人不断地倒下
他咯咯吱吱前仰后合
这一次老人再次倒下
再也没站起来
他撕扯拍打几欲背过气去
呜呜：
爷爷，你起来吧
我再也不打你了
你是好人
你起来和我玩……

来吧，孩子

孩子，我只能远远地望着你
我只能远远地伸给你一双手
你摇摆不定的步子急切地迈向我
我的面前黑夜退去黎明来临
你的影子晃动如我手中不能停止的摇篮
你从人生的这头走向那头
像是从一根钢丝的这端走向那端
我有时会假装平静视而不见
孩子，你走多远我的目光就有多远
如果有一天我的目光再也触及不到你的背影
那是因为我也变成了一个孩子
现在我是你的整个世界啊
慢慢你会成为我的宇宙

礼 物

我想给你的不是一片海
是一面无法丈量的镜子
不管走到哪儿你都可以照见自己的清澈
我想给你的不是一片天空
是一对奏响春天的翅膀
用一生也划不出的航线
我想给你灯塔
给你波澜壮阔
其实都不是
你如果能看见静静的流水
你便也看见了大海的深处

母 亲

母亲
我在离你不远的地方想你
我拿什么给你
一切的礼物都轻于羽毛
感谢你孕育我生命的子宫
感谢你浇灌我心灵的泪水
感谢你抚摸我长满茧子的双手
感谢你看着我长大的目光
感谢你为我四处奔走的脚步
我拿最美的鲜花给你
你给我健康及美貌
你给我善良与天生的固执
你给我认识世界的双眼
你给我足够包容的心脏
你给我勤奋的手记录世间悲欢

我拿什么给你,母亲
给你你曾经给我的无数次拥抱
给你你曾期待多时的一幅乡村画
给你你曾经想看的写给你的一首诗
给你你曾要的孩子最健康天真的笑脸

我拿什么给你，母亲
我的欢乐，我的忧伤，我的苦难，我的漫长
又短促的时光
我的幸与不幸的人生
都轻，都轻
用您最宽容慈悲的母性原谅吧
向您讨债的女儿讨债
像当年她吸吮您丰满的乳房
她把您吸成一张薄纸
吸成一弯瘦瘦的月牙
今天，我能给您的
只有这首诗，母亲

南　山

看见医院报告单上的病变两字就想到绝症想到死
可惜春风拂过时，我只阅过这半壁城池
我与你相隔那么远
怎么抚慰你的阴晴圆缺
怎么做你的病中西子
纵是浓妆淡抹，纵是千种风情
怎抵住帘卷西风，人比黄花
多想倚在你黄昏常坐的门旁
你每日抚摸过的那些花草前
在你情痴的目中一遍遍把青梅嗅遍

如果能见到南山
那一片常绿的茶园
或是梦中你拉我的手去你奶奶的坟前
她芳华的容颜鲜艳过墓碑上盛放的花朵
她的爱情比她的名字更加芳香迷人
她的高贵养育着你的高贵
她的血在你身上流淌
你走哪儿祖辈的血就在哪儿沸腾
青草覆盖着南山，覆盖着她圣洁的灵魂

多想跟着你,听你说这些前尘往事
你再一次提起你的百年以后
春风拂过南山
白骨十指相扣
花草长满两人的体内

你反复提醒我的,我还是会忘记

我见过你祖先的宅子及那一片坟地
你反复提醒过我的
我还是会忘记
出了村子向南拐几道弯到达那里
在那一片狭窄的林间空地,埋着亲人的骨头
风吹着,成熟的麦子是他们厚厚的礼物
秋天过后你的祖先就在田地里
探视丰收与荒凉

你反复提醒我的
我还是会忘记
坟上有几棵树,有几株草,有几块碑
上面有几个字
有几只乌鸦常来觅食又飞过
我能记住的只剩下狭窄与荒凉
我不知道,那样小的地方能不能容下我的四肢
我不知道,那样的地方有没有人和我说几句暖心的话
像我当年嫁到这片土地
村子里一群陌生面孔围堵着我要看新娘子
我那时么年轻又羞涩
她们只是盯着我看只是笑

就是没人前来和我说话

你反复提醒我的
我还是会忘记
我是这样贪图美贪图自由
而那地方那么小
不如把我的骨头当作几粒麦子，几粒蒲公英草籽，
　　撒播出去
虽不能像它们那样生根发芽
风吹到哪里我就在哪里安静躺下
像一枚树叶的落下

像平常我不多的外出一样
这一次你也不必放在心上
更不要假装哭泣或悲伤
最好我被吹到绿色成荫的山上或是不深不浅的河流里
让美丽还给美丽，自由还给自由

念及孤独

孤独有时是一朵枯萎的花
遇上另一朵花的盛放
是一个用自己的余生
对另一个自己往日的追忆

孤独有时是
黑暗从光亮里接住的一双手
这双手温柔抚过婴儿的脸庞像母亲
在柔软的发肤上留下永久的指印

孤独有时是日记里
那些谈及或将要谈及的文字
只有在星空下一个人的低语
孤独有时是一片叶子对另一片叶子的怀念
在秋日或冬日的黄昏

女人与狗

女人带着三条狗
每天晨练穿过游泳馆后面那条小路
大黄小黄
第三只狗身上有大面积烧伤的痕迹
女主人将它抱起
加倍呵护
这是三只流浪狗
女人每走一步就击一下掌
以示鼓励
以妈妈自居唤着三条狗的名字
像唤她的三个孩子
狗都温顺可爱
走走停停
时而看看女主人
它们透明的眼神里有着幸福
幸福过人间的一切草木

枇杷树

有人早早地来到树下
从进学校的第一天
枇杷树在等一个又一个黎明
黎明在等一个人或一群人
一个人又在另一个人的等待里
他采摘，从最熟透的开始
偶尔也在人群里散步
美好的事情固然诱人
酸涩的液汁里裹挟着未知的危险
那条河流太美，尤其是在血色夕阳里
那里的枇杷过于张扬
暴露在绿叶之上
在一幅水墨画里闪耀着光亮
离别的日期到了
有人还在坚守未发生的事
就如枇杷固执于枝叶等待果熟蒂落
我不是敢于冒险的人
是易迷失方向的人
终将没有把自己放出去
终将远离河岸
把自己留在更广阔的江南风景里

墙壁的暗处有一匹马到访

雨水把天空洗得一尘不染
没有苍鹰划过的痕迹
万里长空粘不住一粒鸟鸣
在寂静几近窒息的旷野
黄土让死亡变得厚重
最后的戈壁喂养不活六月的花朵
留在掌心的麦穗干瘪
像土房子里两手空空的少年
当时光一再把影子拉长
墙壁变成供人瞻仰的古迹
你仿佛面对祖先的墓碑
带着马头琴的忧伤
墙壁的暗处有一匹马显现
它在阳光下种下影子与怀念

兄 弟

兄弟,我记得我们离别时的眼泪
他们说你醉酒过
他们说你哭过
他们说比这更长时间的相处大家都有过
你却没有一滴眼泪
到今晚,短短只有七天
你一声不响,只是喝酒
后来,你和每个在场的人拥抱分别
你目送我去车站
这个省城车站比任何时候都冷清
乌泱乌泱的人排着长队等着回家
我只看到你
凌晨一点的车站不停地打着哈欠
而我睡意全无
兄弟,我记得那晚你渐渐消失的背影
我记得你泣不成声的样子
而今你已走向幸福的归宿
那才是你的黎明,你的春天,你的希冀
你向往已久的样子
像那晚杜普蕾的《殇》
兄弟,从此了无牵挂

将来的一切正等你将人生的序幕拉开
兄弟，一只美丽的蝴蝶在夜晚等你
兄弟，在这里我深深祝福你

夜舞交响曲

西尔维娅·普拉斯这个美国女人
现在几乎占据着我的全部
至少从冬至到现在视线不曾游离
所有的休闲时光都在浸泡

我手上的《夜舞》在灯光下旋转
一个世纪的浪漫与伤痛
她怀里黑猫温顺可爱
月亮一样的眼睛透着机智
她反复撕裂的灵魂
她怀抱柔情犹如怀抱夜色
双臂孤独，无力
黑色水晶在幽暗处闪着光亮
穿过天堂的黑色失忆症
她说
她谜一样的人生短暂而疯狂
在血里歌唱，在火焰上舞蹈
她深爱的灵魂
也深爱着深渊

望 月

一把空椅子里挤满了白光
人间一点点亮堂
一束光可以当作解药
抬头默念月有阴晴圆缺
那些人间烦愁便烟消云散

今晚宜把酒言欢
与亲人围坐说着昨夜明朝
宜对酒当歌与三五好友
动情处可以月下徘徊起舞

月上柳梢头
那些美好娇羞飞上谁的脸颊
马的影子在桂花树下瘦长

关不住这满城月色
如果还有一个人的影子可以跟随
那人想必是和我一样顶着一头霜
夜下弹琴喂马浪迹天涯
共度余生的人

我把艾草插在门前

我把艾草插在门前
这扇门马上就生出了翅膀
那些自由的思想
就从家院里钻出来飞翔
艾草散发着沁人心脾的芳香
瞬间就飘到了千家万户
就像屈原的爱国精神
与日月同辉,光芒万丈

如果
我把每个房间的门都插上艾草
在每个夏天
就能防止思想的蚊虫叮咬
就能驱逐这些黑暗里的吸血鬼

我把艾草插在门旁
去投进汨罗江
江面上屈原也会嗅到艾草香
他长发飘逸,长袖飘逸
拔剑厉指昏聩的楚王

我把艾草插在门旁
插在曲阜的门前
沁人的芳香就荡漾在曲阜的大街小巷
我昂首天空傲视大地
怀想屈原
路漫漫其修远兮，吾将上下而求索

我把艾草插在门旁
就像一曲词，一阕诗，一首诗
插在我心的门旁

我的诗

拿去吧你
有诗人说
诗已写出
它即不属于我

这双手里的秘密
早已复制在身体的某些器官里
血液里,气息里,骨子里
你去撕毁,烧掉,水淹灰烬
也许你可以做到不留下一丝的证据
前提是你把我击毙,灭口,直至停止呼吸
你的作案道具
垃圾箱在等
火炉在等
水在等……
右手里的秘密

再过些时候
如果这些都等不到
我劝你回心转意
把我的诗小心翼翼地拿去

等到某一个春天
给某一个隐隐作痛的角落
取暖

四十年里最亮的月光

那一晚满月走进村庄,院子一下子就亮了
那一晚母亲忙碌的影子从堂屋到临家院子来回走动
那一晚有爷爷焙热的一块月饼,我们一直盼着
那一晚月光里全是青红丝,满口的冰糖、五仁
那一晚我看一眼月光咬一口月饼,直到把月光吞进
那一晚村庄是甜的,河流是甜的,风也是甜的
之后三十几年里月亮不是那夜的月亮
月光再没有那夜的皎洁
只有那一晚挂在梧桐树枝上的月光
照亮墙上镶边镜子里四朵金花(母亲说那是我们姐弟四个)
照亮旧式窗棂
离开故乡时,我把月光采摘,像摘下一枚蜜枣或石榴
每年的中秋我都会把那年的月亮从心里翻找出来
一遍遍
擦拭、品尝、回味……
心里无限欢喜又忧伤……

诗人的骨头

他的骨头里
一定藏有一场大雨
某些时刻,闭关
任泪水肆意滂沱
伴着一声声惊雷
那是白纸黑字的掷地有声
是从骨髓里喊出的疼
抑或是更大的悲怆向天空
发出的感叹、愤怒、嘶鸣
他的骨头是雪下一堆钢铁
不,比它还硬
他站起来抖抖身子拍掉雪花
走向更大的火

幸 福

阳光孵出粮食
青瓦孵出村庄
村庄孵出人类
你和我是多年的同谋
我们住在老房子里
等从地里抽出金子
抽出细浪
长出孩子
你牵着我的手
享受天下的自由
这是幸福的模样
亲爱的
别松开我的手……

心

他的心大
他能装下大海泛起的所有波涛
装下夜空里数不尽的繁星
装下布满天空的乌云
他的心很小
小得只装下
一对折翅的蝴蝶
一枚发黄的树叶
一滴蚂蚁的眼泪
一棵小草的枯萎

装这些时,其他都装不下
他耐得住风雨闪电和冰雪雷鸣
却耐不住孤独
耐不住爱情的欺骗与背叛
他想挽留世间美景,挽留爱恨情仇
而时光流逝让他苍老无助
他想戒掉一切
却戒不掉眼泪

写给你

我不想成为你
正如你也不想成为我
我们各有各的欢喜抑或忧愁
在岁月里纠缠半生
你画草原白马重重的银饰及发丝
画出世间的精致细密
却唯独画不出我
我为你着裳施粉黛生儿育女霜染青丝
倾心作诗
却成不了你墨间的一滴朱砂红痣
一木一石
本是毫不相干的两人
一手制造着喜怒哀乐
一手描摹着锦绣山河
一手编织着梦幻一手寂寞弹尽长相思
到底谁是谁的画
谁是谁的诗
曲终
我成不了你的江山美人
你走不进我相依为命的诗

斜飞的鸟群

我不像你
你有你飞行的目标与方向
而我踟蹰在雾霭中
常常被世俗蒙蔽了双眼
看不到未来的路途有多遥远

我不像你
你有你翅膀抵达的高度
你看山看水看斜阳
看人间良辰处处
而我还囚在笼子里
正把一双沉重的臂膀举起

我不像你
你在群体中飞起与降落
有时呈人字有时呈一字
合唱永远是你空中表演的节目
而我早已习惯离群索居
小心回避着尘世里的危险与冷漠

我不像你

你拥有天空的自由
而我还待在原地
日思夜想着远方的远

怎么看你都是一道风景
有时远在天边
有时是你倦了累了落在一张宣纸上方
歇息近在眼前

拥　抱

无罪，释放
被关押了二十六年的他

颤抖是她激动的表达
"每时每刻都在想
他欠我一个拥抱
我想抱他，也想让他抱我……"

她面对记者

见面时他也只是紧抓她的手：
"我怕拥抱时她会再次被
送进医院。"

之前，在法庭上当听到法官宣布说他
无罪释放时，她大笑几声后
晕倒过去

记者对面是她

我看见你忧郁的眼神

我看见你抑郁忧愁的眼神
我看见那一双像秋天的湖水一般的眼睛
我看见那深不见底的思念将从湖里决堤而出
万里长城堤坝难掩
我看见一团烈火在你漆黑的眸子里燃烧
而你比往常任何时候都理智而冷静
黄昏里飞蛾从你的黑色的幕布里穿过
它从奔向火种的那一刻就再也没打算停下来
像一匹马将纵身一跳
穿越不可知的峡谷
秋天深了,落叶埋葬虫鸣
你的湖里依然火光四起
在你忧郁的眼神里
它就如一枚钉子,钉进了胸口再疼也拔不出来
我看见你眼神里的爱
我要用一辈子时光去遗忘

我们都爱着同一个人
和那些美好的事物

我是一棵到处流浪的草
一定是上一世欠了你太多
才在你这里投胎落脚
我掏空了你所有的口袋
也掏出了你的鄙视与暴躁
你给我勇敢与正义
也给我决绝与固执
我和你一样都偏好一些美好的事物
比如山河
比如雨雪,比如青菜辣椒
和你一样一生偏爱那些文字
在一张空白纸上蘸着月光写下爱与哀愁的分行
我多想成为你手掌上的明珠啊
我们之间却横着一条宽宽的河流
还好,我们都爱着同一个人
你爱她年轻时的美丽与微笑　我也爱
你痛恨一把叫时间的刀子在她的双鬓留下印痕
我更痛恨
还好我们都爱着她——我的母亲
是的,当你步履蹒跚走向暮年
父亲,别再用一个背影把我的记忆折弯

我们终生追随的也许不及这些

我们终于可以躺下来
草把我们隔开　花香将淹没
月色
这样就很好
大地给了我们太多
已拥有了星空之美
还要向这个受伤的宇宙讨求什么
一些事物单薄，再也满足不了眼中的沟谷空洞
我们终将被世俗掏空
亲爱的，该怎样活着
身体已经向大地倾斜
它从不放弃供养
我们一点点矮下去
直到进入大地的母腹
我指给你看相册里的这一只蝴蝶
我们终生追随的也许还不及这些

我们重拾自由与天真

泰谷的精髓缘于一颗大麦的种子
缘于一颗大麦与泥土、风、月光的集合
是梵高笔下那一笔一笔散发太阳光芒的麦田

抽取麦穗里日月的精华
抽取泥土里散发的芬芳
抽取沉醉的夜空
让他们在春天发酵

在清澈见底的琥珀里
长出洁白的花朵

来,请带上爱人
我们去圣塔伦岛
去拥抱那里的阳光
听泰谷河的柔情低语

来,请带上神秘的花朵和弗拉明戈
我们学做闭着眼睛唱歌的深沉高贵的女人
偶尔也像男人那样端起酒杯狂欢畅饮
我们要做自己的主人
重拾自由与天真

我是靠着这几根黑发活下去的人

我望向镜中的自己
我的头发早已落满了霜
它变成一把枯草
恍惚镜中已是暮年

时光落在我的头上
霜层层覆盖
白终于背叛了年少
在第一时间说出真相

我能做的也只是掩盖时间留下的伤
我忍受着另一种毒
埋下这难以容忍的白
在霜打雪落之后
我依然苟活在人世
靠着这些黑发
这是我唤醒
正在发酵的春天的一种方式

我一身豹纹多像今晚的夜色

我一身黑白相间的豹纹
多像今晚的夜色
一片灯火几片黑暗
互相掩护
光亮的背后藏着黑暗
黑暗处透着一丝光亮
我不做一只黑豹
只想隐身
像一只三叶虫
附着在干净的石头上
把灵魂交给大地
交给安睡的夜空
交给醒着的黎明
我一身的豹纹
这纹路与黑夜多么贴切
一身豹纹裹挟着凡俗的肉身
豹纹下多么脆弱的肉身

中　年

我白天三次出入厨房
两次去阳台
等我把晾干的衣服收起来
已近黄昏
我看了一眼孩子在书房里读书
风就把太阳吹了下来
把夜来香也吹开了
昨天也是,今天也是
中年的时光瞬间长了翅膀飞起来

至今不愿回到这寂寞的人间

你离开快到两年了
我依然会在单位睹物思人
熟悉你我的人某些时候会把我
当作你
穿一条紫色的裙子他们说像你
穿一条紫色的裤子他们说像你
都只穿了一次我就搁置一边了
单位紫色的花瓶还在
你对紫情有独钟

曾经你指着我家飘窗上咖色的帘子说
若是紫色，这卧室该多有情调
你乐不可支调侃

我与S只要提起你，她就眼圈发红湿润
至今也不愿删除你的微信与QQ
请你原谅疫情开始几个月之后
再次见到单位那棵幸福树
它干枯光秃得没留下一片叶子
请你原谅，也许它是去找你了吧

你还是坠落了又深度迷恋上深谷
鲜花，绿草，飞瀑，溪流
鸟的歌曲，你终于可以自在舞蹈了

我宁愿相信这些都足够勾引魂魄
你在世外种你的桃源
至今也不愿回到这寂寞的人间

糖　纸

轻轻打开它
就打开了一扇旧时窗棂
一座村庄
一条河流
院子里蝴蝶的斑斓
蜜蜂在夹竹桃上的尾刺
如雪的麦场
飘飞的芦荻
紫色的梧桐花春天广播的小喇叭
这一切
一如这些糖纸上胶着的时光
在书里夹着跟随我多年
直到我山穷水尽
直到我柳暗花明

站住,往回走

向前一步可以抵达船
退后几步即可抵达海
我可以回头走向海里
一点点深陷进去
也可以站在原地
等潮水不断地漫上来
直到头部也被淹没
像岸上的一株草或几粒沙子
也许几个回合之后终究被带到海底
一生便草草如此

但我最终没有选择这些
岸边正在觅食的鸥鸟被人投去的小石子提醒
群鸟惊起
想到一个人指着荒草深处透出的一束光亮
告诉我有盏灯深藏暗处
这时我才突然惊醒
我打算放弃之前选择的危险的一幕

原　谅

请原谅她的诞生
在一个性别歧视严重的年代
原谅永恒的标签
贴在没有记忆的出生登记簿上
原谅
她的稚嫩，还不懂用眼泪去表达苦难
而易碎的珠子从来都是一文不值

请原谅她的年幼
在一个是非颠倒的事件里
唯一能做的是听深夜钟声
穿透墙壁
而任何一个举止都显得过于无力

请原谅她的荒谬
企图用一生把一块石头焐化
有人说：爱什么，最后就死在什么上
一朵玫瑰从含苞到枯萎
在未知的世界里形单影只
而遗世独立
原谅
从它柔软的花茎上长出护身的针刺

一只白孔雀独居林中

一

只一眼,就够了
世间哪还有多少圣洁之物
而此刻你告诉我
人间有行走的云
四季不化的雪
只是这园子嘈杂
打开的屏
又战栗着合上

二

一朵云掉下来
竹林黯然失色

三

围观者翻找着每一根羽翼
试图找到意外的瑕疵
除了黑色的眼睛

他们一无所获

四

你的来临
令世人惊讶　欢呼如五月的麦浪
同时我感到惭愧
我掠走了你的安宁
你的眼睛里带着些许不安

一块红布

一把琴睡在一块红布上
红布喜悦，安详
红布是她的嫁妆
红布是他的新娘
一把琴进了门从此认了亲
有了家

一把琴睡在一块红布上
一把青铜锻造的琴
陪着主人从此浪迹天涯
她是主人的第七个姐妹
她们共诉情话
她是从主人身上抽下的第七根肋骨

一把琴来自遥远的古国
一把琴来自一片森林
　把琴山嫁了
有红布为证
一把琴找到了归宿
不信你听
一把琴躺在一块红布上不知她的前世
只陪她的今生

一代人

第一次给耄耋之年的母亲快递康乃馨
她一辈子没有向谁送过花
也没收到过谁的赠予
这一次也许她没有理由拒绝

在视频中母亲只字未提此事
她只露出半边脸
我仿佛看见另一侧脸上的羞涩
父亲说：收到时她高兴得在一边跳舞呢
又说她在缝补秋裤，她说这得买多少条裤子

哦，她那一代人

故　乡

我常常想不起来
只是在很特别的时刻
比如填表要填出生地
或是在一些阴郁的日子
比如大雨纷纷的清明
我会不自觉想起它
或当别人问起来
我还是脱口而出
蔡楼，蔡楼，属于沛县，徐州，江苏的蔡楼
我和母亲曾住在这里
而在远方谋生的父亲很少回来

我几乎想忘掉它，因为它的贫穷
我几乎想忘掉它，因为它曾经对我的鄙视
我真的未爱过它
我真想彻底忘掉它
如断线的风筝挣脱它
远远地飘走
如一朵云飘散在天空

可是我还是想起它

在一些特别的时刻
从骨子里挤出的想
想它的日落
想它的日出
这座与我纠缠不清的弹丸之村
生养我的蔡楼
见证我少年时光的蔡楼

今天起,我做自己的女王

我是自己的女王
羞于与时间战斗,羞于与风车战斗
羞于空虚与卑微
我施舍衣服与粮食给他们
我怜惜他们的同时也更爱自己

一只蝶永远追逐着花朵
我永远追逐春天
我希望泥土里每一粒种子都健康
我专注于一朵花打开的样子

风吹动草原、云朵
我向往星空与自由
那些流星雨从夜空缓缓下坠
让每个愿望有了实现的可能

我走在蚂蚁走过的路上
每一步都加倍小心
我无限欣喜,蝉终于躲过月光的追捕
站在了高处

外面是我期待已久的雪
它那么轻，万物被它冻醒

这些花瓣一尘不染
比目光更干净
想到这些，我并没有太过失望

我在造一所木头房子
在一间房子的四面墙上做高到屋顶的书架
我有一把古琴
我在忧伤的时候抱起它
那些音符就穿过透明的窗子
飞到云端，飞到楚国

我用文字记下人间喜剧与悲剧
记下孩子的成长母亲的老去
记下远方和亲爱的你
记下一切美好的事物

我与我的亲人
是花朵与花朵
叶子与叶子的亲近
我是他们生生世世的爱人

我写下黎明与夜晚
写下你，写下我

我以云为被以大海为床
我是自己的君王
我在自己的花园里孤独写诗流浪

如果我是个孩子

如果我是个孩子
我愿意长你一样天真可爱的样子

如果我是个孩子
我任性,在父母那里撒娇耍赖
他们宠溺着我　也能原谅我的所有过失

如果我是个孩子
我对未来憧憬着
所到之处是鲜花盛开的国度

如果我是个孩子
我愿做自由的天使
人类爱我要胜过爱花草　胜过爱自己

如果我是个孩子
我是繁衍不息的人类
我有一双清澈的眼神
我有一颗纯净的心灵

而你也是

千万个孩子也是
如果我只是个孩子
他们要比任何时候都爱我
如果我只是个孩子

泪　水

决堤而出的不只是咸涩
有时候它是幸福、思念、激动
惊恐、胆小、畏惧、伤心
而这一次，面对灾难、感动
死亡
为了那些和她不相干的人
她的眼睛再一次湿润

茶　叶

整个上午我都泡在一杯茶里
沉沉浮浮
像这些茶叶飘起来沉下去
过往飘起来沉下去

多像
我们纠缠不清的爱
不断地争吵又和好，新的伤疤再次愈合
飘起来沉下去
相聚，失散，逃离

叶子被一生悲喜浸泡再也浮不起来
对于身外之物那些留在唇边的杯盏
为了生活的保鲜频繁变换
很多年从不间断地拿起放下
又拿起

最后全都沉下去了
这多像百年之后的我们
死亡悄然无息

所有与我们有关的都石沉大海

多像
那些大大小小的生命序曲与谢幕
终究被时光遗忘再也无从谈起

第六辑

节气的冷暖

这一刻让我拥有从未有过的孤独
和那些反复回味的幸福

立春帖

我在等新春的日出
这颗城市的美人痣
仿佛一个红火的福字贴在日照的眉心

旧日历躺在角落里堆砌往日
晾晒发霉的时光
时光让人学会挽留与放下

潮水再次跟帖上岸
大海澎湃浪花翻涌花朵的禅意
迎春的花苞装点城市
雨水可来得再大一点

钟声再次敲响吧
叫醒立春
叫醒飞鸟
叫醒枯枝里隐藏的秘密
叫醒三叶草上的露水
叫醒贪睡的鱼类
叫醒天空与大地

因为这座城市急切见到新绿
见到映山红见到飞驰而至的春天

酿 春

一粒草籽
一片阳光
几滴雨水
外加一把尘土
春天就从大地的深处探出身子
我已备好香墨
重彩
抹墨,调和,反复几次
需用小叶筋勾勒花蕊
用大白云渲染上色
一场花事
不动声色
重新回到枝干上
一天比一天热烈

清明适合仰望与辨认

从仰望一棵树开始
从辨认一片花瓣开始
四月重新活过来

看密不透风的栅栏
这么多手臂将天空高举
像举起酒杯或是灯盏
春天本适合把酒言欢
看绿叶们相互搀扶
一片花瓣拥着另一片

一阵风吹来
枝丫间的鸟鸣惊落了一地
花朵无力将亲人葬于流水
它悄然无息
我知道一些种子会慢慢长大
在另一个清明到来
他们会在沉默中仰望
然后把头低下来!

四 月

再一次把嘴唇献给四月
献给春天的杯盏　边缘不经意留下痕迹
沾着桃花的粉艳

你是我不请自来的客人
尝过先苦后甜的日子
在白昼里啜饮
在深夜里失眠

一只工蜂乐此不疲搬运着甜蜜
深陷在轻吻花蕊的缠绵中
顺风而倒

五月之花

五月的风是一把桃木梳子
习惯将桃花别在耳边炫耀
粉与白登场的花瓣
声势浩大
婚礼与葬礼仿佛一场日月交替

担心五月的雨又是一场劫掠
散步的女人会突然情绪失控
天空瞬间暗了下来
口罩让春天再一次陌生
路人嗅觉开始麻木
过敏性鼻炎让芬芳远离

五月受孕于马蹄、蝴蝶、蜜蜂
无花果快速繁殖
惊起布谷鸟鸣
洒满金灿灿的天空

夏 雨

雨还在下着
连下了几天了并不记得
它拥有了夏草
夏草就茂密起来
它拥抱森林
树木上长出了偷听情话的耳朵
它淋湿你我
你我的耳鬓上结出了霜
再这样下去
你我的额头上将开出忧伤的花朵
这是迟早的事
而你并不知道

立 秋

立秋的时候我不在我的家乡
也不在你的家乡
我没看见将要临产的庄稼
也没看见你那里的神鹰
立秋的时候阳光穿过花朵的种子
它们在高温中受孕
这座城市在接受最后的汗蒸

我的百合花迅速地开了
香气传给熟睡的母亲和孩子

门前的东营路车马拥堵
远一点的青岛路拥堵
再远一点的太公岛一路化了
太公岛二路化了

我每天来回几趟穿越这几条马路接送家人
再穿越几条街去超市买饭菜

来不及翻阅日历不知哪天该去北面的荷疃市场
哪天去东面的秦楼市场

立秋这天我被沥青粘在了路上
多想找一块林荫空地
像那些环卫工人安静地
小憩一会儿

秋天一样很美

我看水中的鱼安静
看远处的红叶、青竹
它们还在季节里粉墨登场
热烈又无所顾及
而我还在徘徊
天空蓝得忧郁
他说云落在我的眼里
一片叶子落下来把我惊醒
一些事情我还在纠结
此刻摄像头对着我
替我记下身后的风景
我理所当然也成了秋天的一部分
紧贴草木的皮肤
我们在心里默念彼此关照在人间
磨合相爱

秋天深了

该走还是留下
一条路伸向两极
双腿钉在原地被撕扯着

假设再加点外力
你细小的暗示
就会使我瞬间改变心意

离枝丫远点离天空远点吧
一辈子都在风中飘浮
拿捏不定

最后一枚棋子
还没有落下
一场绵绵细雨
从紧攥的掌纹里渗出

芦　苇

你是落叶般的青云
在水上日夜漂浮
说那是被一场大雪覆盖
一夜白头的人
是白头到老的虚幻
是一声苍白的喟叹
说你是十面埋伏在岸边的箭镞
是岁月的快马
是射向天空的光阴
他们说你是什么就是什么
我说你就是一支消瘦的闲笔
空在水上写着最无聊的诗歌

露

爱这般多好
露一般的静
露一般的轻
露一般的透明

这个节气,寒露。相见恨晚
古人云:人生如朝露
何久自苦如此
那些爱,如朝露
经不起一丝的风吹草动
自生自灭
哪些年少轻狂的爱
招架不住一根青丝一夜之间的变白
刹那间风和日丽
谁在灯下读诗
面容憔悴,忧愁
一袭华丽的外衣下罩不住内心的波澜起伏
来就来吧
走就走吧
心如死灰

如纱如雾如仙女下凡
亦如聊斋里被称为妖的女子
轻纱薄翼
鸡鸣三更,时辰已到
寒露。至此分离
天涯彼时
桌上的一只梨如此甜蜜
一分再分
最后只能各奔东西
从此音讯全无
从此相忘江湖

立 冬

看到日历上立冬两字
我哭了
我比任何时候都像个孩子
因为第二天就是我的生日
我想念母亲
那一晚您该咽下怎样的阵痛
将我带到人世
四十多年了
您的双颊留下菊花一样的笑容
我一遍遍地把您的过去回忆

看到日历上立冬两字
我笑了
现在的我比任何时候都想念你们
十七年啊孩子
这一个立冬让我感到透骨的冷
如果你能回到小时候
我愿意反复地听你天籁般的婴儿的泣哭

看到日历上立冬两字
我沉默了

现在的我又回到当初
好像一切都已远离
好像一切都刚开始
这一刻让我拥有从未有过的孤独
和那些反复回味的幸福

冬 至

他在阳台抚弄一盆开得美艳的蟹爪兰
说起冬至
他说他出生那天就是冬至
再次生日赶上冬至要等到他六十岁
我沉默
我预知不了命运的走向与劫数
我不知道在他的生日之时
我是在厨房高举蜡烛还是身在别处

冬至,晨起,把早餐备好
把一碗熬制的中药分几次喝下……

小 寒

我宁可叫它铁栅栏
也不愿称它铁门
这没有温度的铁物质
我只能远远看着她走近我
然后一次次把脸无限靠近这冰凉锋利沉默的黑铁
我与她在这狭长的缝隙里亲密地耳语
我紧紧抓住她一双稚嫩的手短暂地传热之后
她就会迅速地回到她的座位上
继续练习行走　我也不情愿地转身离开
人生中要经历的冬雪雪冬小大寒
多想与她一起奔赴远方
可大多时候
她就像墙角的一株梅花要独自悄然绽放了
这是早晚的事